書を置いて、
街へ出よう

太田和彦

晶文社

装幀・レイアウト　横須賀拓
装画・本文挿画　伊野孝行

目次

まずは散歩から

舞台を鑑賞

銀座に通う

あちこち訪ねて

まずは散歩から

第二の人生の住み家

ある連載で「第二の人生で、暮らしたい町はどこですか？」という質問をいただいたので少し書いてみよう。

十八歳で長野県松本から大学進学のため上京。東京で就職して以来、五十年を超えた。勤めを辞めて毎日通う所がなくなると東京に住む理由もあまりなくなる。転勤の多い家に育ったため定住意識が薄く「どこに住もうが自由」という気持ちは常にある。

六十歳ころになり、どこか別の町に住んでもう一つの人生を持つのも面白いか、それなら異なる文化のある大阪、神戸、沖縄が浮かんだ。

一方、松本郊外の父の実家を建て替えて住んでいる妹一家が、隣の土地が空いているので家を建てて越してこないかと言ってきた。なるほど。

新聞やテレビで、第二の人生を地方に移住、畑仕事などで健康的に暮らし、地方自治体の援助でリノベーションした古民家が快適、という紹介をよく見る。わが故郷、長野県は人気ナンバーワンとか。コツは地域住民に溶け込むこととあるが、私はその地域出身者だ。

大阪、神戸、沖縄、故郷松本。さて第二の人生をどこで。

*

しかし移住先で人生を終えるとなれば、今の家の始末、住民票の移動、納税、年金受け取り、健康保険など、苦手の役所手続きをしなければならない。七十歳を過ぎて行きつけの病院も変えなければいけないし、いざという時の老人ホーム、墓の問題も確かめなければ。免許返納した私は、どこへ出るにも妻に運転を願わなければいけない。

私の毎日の楽しみの一つは古い映画のミニシアター通いで年間一四〇本くらい

近所のお寺の菩薩様を仰ぐ

は見る。好きな芝居や、音楽会も行く。何よりぶらりと出かけて町歩きを楽しみ、馴染みの居酒屋で一杯、ついでにバーにも顔を出す。銀座も新宿も浅草も電車で行って帰れる。

わりあい都心に住んでいるので、テレビ局や出版社の方が気軽に打ち合わせに来てくれるのは、先方もラクなはずだ。軽井沢など地方に住む作家も大勢いるが、大家ならば編集者も足を運ぶけれど、私のようなぺーぺーはすぐ連絡できることが大切なメリット。さらに「ちょっと飲みながらやろう」からアイデアや人間関係が生まれる。第一そういうことが好きでまだ働いている。頼まれるうちが花、東京にいるからそうしてもらえる。

田舎は自然も、よい空気もあるが、仕事も、名画座も、劇場も、居酒屋横丁も、バーも、飲んで帰る電車もタクシーも、もっと言えば行く所がない。

田舎が嫌で出てきたのだから畑仕事は興味なし。都会好きが今も続く「シティボーイ志願」ならぬ「シティ爺さん」だ。よって現状維持。

そうと決めたら今いる所を大切にしよう。私の仕事場のまわりは、最上寺、本願寺、常光寺、戒法寺、宝蔵寺、光取寺、月窓院、清岸寺、隆崇院と寺が多く、囲む塀もいろいろで道行く人もなく、息抜きの散歩はとても気持ちが晴れる。したがって毎日夕

まずは散歩から

仕事場近所の散歩道。塀のある道が好き。椿が咲いていた

方はゆっくり散歩となり、体にも良いだろう。

　育った田舎や地方都市の良さはじゅうぶん知っており、東京に飽きたらそこへ旅に出てしばらく過ごしてくれればよい。家にいるのと同じに酒を飲む程度だからあまり金はかからない。自然が恋しければキャンプだ。

　ご質問の答え、「第一の人生」はこのままに、たまに好きな町に出かけて「第二の人生」を。

ご近所歩き

季節がよくなった。健康のためにできるだけ毎日ウォーキングしている。お決まりコースは、仕事場を出て右は広い通りになるところを左へ曲がる小道。自動車はあまり入って来なく、うらやましいような落ち着いた中住宅が並び、それぞれがみごとな庭木を植え、「薔薇屋敷」もたくさんある。

角の煉瓦建てに鉄柵のお宅はいつもバラの手入れに熱心で、よく立ち話して苦心を聞く。ある家は二階まで覆う花が壮麗で建物が見えない。別のお宅のバラは珍しい黄色で、種類を聞いたことがあった。少し離れた池田山公園先、上皇后・美智子様の生家である旧正田邸は、いま「ねむの木の庭」という小公園になり、イギリスから贈られたバラ「プリンセスミチコ」も咲いていることだろう。

また別のお宅のなんという花か、緑の葉に紫と白の小花が満々と咲くのはまことに美しく、初めは紫、やがて白が増えてゆくのを毎日見ていた。

花の咲く家を見て歩くのは楽しい

今はマンション住まいだが、もし庭が持てたら何を植えようか、椿はいいな、など と考えたことがあったがもう無理。よってこういうお宅はうらやましい。

花を愛でて歩くのは気持ちよく、寺の塀沿いに下り坂となり、やがて五反田方面に 向かう。第一国道を左へ、高輪下から先日バイデン大統領の来た「八芳園」にまわる が、あの日の目黒通りの警備はすごかった。さらに白金台から小脇に入って戻るとち ょうど四十五分。やや足りない気もするが、まあ毎日続けることだ。

仕事場にも花がほしく、しばらくは大好きな「芍薬」が長持ちしていた。芍薬は牡 丹科で花言葉は「恥じらい」。

牡丹の花言葉は「王者の風格」。古来「百花の王」として別格視され、唐の詩人、 李白、白居易は牡丹を楊貴妃にたとえた。「立てば芍薬　座れば牡丹　歩く姿は百合 の花」はよく知られた美女の形容。また名句に、

白牡丹といふといへども紅ほのか　　虚子

牡丹は径十五センチほどにもなるふっくらした丸形の開花がながく続き、その最盛 期を過ぎるとみるや、悠然と大きな花弁を一枚、また一枚と落花さすのが、自らを枯 らすことなく美しいまま散る潔い風格となった。

牡丹散りて打重なりぬ二三片　　蕪村

ちりて後おもかげにたつぼたん哉　同

一つ散りて後に花なし冬牡丹　子規

数年前の六月、故郷松本郊外の寺の牡丹園を見て「花の王」を実感した。

しかし牡丹が切り花として花屋に並ぶことはなく「芍薬」になる。その上品艶やかな美しさは、「恥じらい」をこめた桃色こそが完成された女性の色と思わせる。二週間も眺めたころ、役割を果たし終えたかのようにはらりと落下した大きな花びらもそのままに置いて、風情を楽しんだ。

またあるとき、花屋でみつけたリンドウのような提灯型の紫の花は「釣鐘草」、別名「風鈴草」。桔梗科で花言葉は「友情」。英名「カンパニュラ」は「小さな鐘」の意。パガニーニの「バイオリン協奏曲」のロンド「ラ・カンパネラ」の主題をリストがピアノ曲にした作品は、超絶技巧曲として有名だ。一九四〇年の

長持ちした芍薬

映画、吉屋信子の少女小説による『釣鐘草』は私の大好きな石田民三の監督で、当時十六歳の高峰秀子が弟思いの少女を演じて良かった。

そして初夏の今は梔子《くちなし》がベスト。この白い花の甘い濃厚な匂いにはいつも心が惑わされる。昨年買った鉢植えがなんとか生き延びて、今年も咲き始めた。まるで古い恋人に再会したような気持ちだ。

日々に、身近に花は欠かせない。

これが釣鐘草

梔子の鉢

懐かしい絵を見に

新聞の美術展案内に懐かしい名を見つけた。

樺島勝一（一八八八〜一九六五）。小学二年のころ父が時々買ってくれた雑誌「少年クラブ」に夢中になり、その巻頭綴じ込みの樺島勝一のペン画に見とれた。木漏れ日が燦々とさす深い森を見上げるように描いた「耶馬《やば》渓《けい》」は今も忘れない。大分県にあるむずかしい地名をこれで憶えた。その展覧会とはうれしい。九段にある「昭和館」の特別企画「SF・冒険・レトロフューチャー×リメイク〜挿絵画家　樺島勝一と小松崎茂の世界〜」だ。

大正三年、講談社が創刊した子供向け雑誌「少年倶楽部」に昭和五年から連載が始まった山中峯太郎の軍事冒険小説「敵中横断三百里」の臨場感

まさに「船の樺島」

漫画「正チャンの冒険」

あふれる樺島の挿絵は大評判となり、続く「亜細亜の曙」で一躍花形挿絵画家となる。

その掲載ページと原画が対で並び、大きめの原画はじつに精密で陰影深く、当時の少年雑誌の印刷技術ではこれだけの良さは再現されていなかったんだと知る。「船の樺島」と言われた大型巡洋艦などの緻密きわまりない描写に加え、素晴らしきは海だ。深さを感じさせる黒々とした海原が量感をもって彼方に広がるスケール感、そこをかき分ける白波は「ざあっ、ざあっ」という音が聞こえてくるようだ。スミ一色で、ホワイト描き足しではなく紙の白地を描き残す技法はむずかしいだろう。

その柔らかさと船の剛直な金属感の対比がいい。

さらに、絵にはかすかに記憶があるが、樺島作とは知らなかったのは、漫画「正チャンの冒険」だ。後に「正チャン帽」と呼ばれるようになったニット帽をかぶり、上着にネクタイ、半ズボンと都会的な正チャンが密林探検やタイムスリップするファンタジー漫画で、「画家の余技」ではない洗練された作風は、一九二九年、ベルギーのエルジェによりフランス語で発表された漫画「タンタンの冒険」を思わせる。タンタンシリーズは今なお世界中で出版が続き、日本では一九六八年に最初の出版がされた。各国にある「タンタンショップ」は最近まで京都にもあって、私は行くたびに何か（キーホルダーとか）買った。

そうして最後、ペン画「高峰カメット山」があった。解説は〈ペン画の神様〉として〈樺島勝一の画業は精密な「ペン画」に尽きるといえます。この絵画技術は、西洋の雑誌や写真を参考に模写することで習得されたものであり、誰にも頼らず独学で身に付けたものでした。極細の線が絶妙な濃淡で描かれるペン画は、一枚仕上げるのに二週間ほどかかります。しかし、樺島は子どもも相手であっても決して手を抜くことはなく、挿絵画家としての誇りを持ち続けていました〉。

展示作は昭和二八年の「少年クラブ」連載「ペン画傑作集」からで、私の記憶にあ

拡大コピーして見るペン画「高峰カメット山」のすばらしさ

る「耶馬渓」もこのシリーズのものだろう。左方の雪をかむる峨々たる岩山、右の雲深い大空、そして下部の雪の稜線を登る米粒のような登山隊は、すべて同じ極細ペンで濃淡調子が描かれ、その流麗なタッチのスケール感はいくら見つめても飽きない。帰った仕事場で図録から原寸ほどに拡大コピーして眺めさらに感じ入った。新聞案内はこの作が載っていて、沢山のペン画を期待したが一点だけで残念。こんどぜひペン画展をやってほしい。いや作品集を願いたい。

＊

次の部屋は小松崎茂（一九一五〜二〇〇一）。

樺島勝一に憧れて挿絵画家を志した小松崎は、カラーでメカまで詳細に描いた戦車、軍艦、飛行機などの戦闘場面を得意に人気作家となる。戦後は戦争で荒廃した世相の子供たちに「夢でいい、夢を与えたい」と空想科学や未来宇宙を描き、原作も書いた絵物語連載はまさに夢のある血わき肉躍る物語で少年たちを熱狂させた。隅に必ず入る流麗なサイン「S.Komatsuzaki」はずいぶん真似をしたので今でも書ける。

西部劇「大平原児」は、目の大きなハリウッドの子役のような主人公ジム少年と、友達の美少女ジェーンに憧れた。同時代に並んで大人気だったのが山川惣治の密林タ

小松崎茂の近未来画

この少年少女に憧れた

ーザンもの「少年王者」で、こちらのヒロイン「すい子」さんにも憧れたが、長い物語の最後に明かされる究極の悪役「アメンホテップ」の実名が私と同じ「太田」だった時の落胆を今でも忘れない（トホホ）。

　小松崎の画力は密林ターザンもの、西洋史劇、西部劇、時代劇にまで縦横無尽に発揮され、プラモデルの箱画に結晶する。魅力はなんといってもダイナミックな場面づくりで、戦車軍艦はもちろん、西部劇に欠かせない馬はあらゆる角度から描かれて迫力がある。

　一九九〇年に発行された『小松崎茂の世界　ロマンとの遭遇』（国書刊行会）はたっぷりの図版とともに、「ハラハラドキドキの連続／ちばてつや」「大平原児は私の教科書／川崎のぼる」「永遠不滅の名前／石ノ森章太郎」「未来への夢の先駆者／松本零士」「涙が流れそう／立川談志」「小松崎天皇／田代光」と、幼時夢中になった人たちのオマージュがいっぱいだ。

さらに浅草や銀座の風景画や、戦時のメカニックものからの脱皮を試みて人物の勉強を一からやり直したデッサンも載って興味深い。

＊

樺島勝一、小松崎茂、山川惣治。闇夜のジャングルを得意とした鈴木御水《ぎょすい》、梁川剛一。ややポップな「沙漠の魔王」の福島鉄次。山口将吉郎、伊藤彦造、齋藤五百枝《いおえ》、伊藤幾久造《きくぞう》らの時代ものなど、テレビ以前の少年雑誌はまさに挿絵の黄金時代で、『大正・昭和少年少女雑誌の名場面集』（学習研究所）、『別冊太陽　子どもの昭和史　新世紀少年密林大画報』（構成・横尾忠則／平凡社）の二冊は宝物だ。新聞小説などの大人向け挿絵ももちろん好きで、駒場の日本近代文学館で開かれた「明治文学の彩り　口絵・挿絵の世界」展もおもしろかった。

私の専門は美術だが、個人の美的世界を表現する芸術絵画のみではなく、画力をもって場面を精密に描く「説明的な絵」も大好きなことが、一点制作の画家ではなく、印刷で誰にでもアピールすることが第一のグラフィックデザイナーの道を選ばせたのかもしれない。今の児童向け表現はアニメ的なものばかりで、こうしたリアリズム表現はなくなり寂しい気持ちもする。二人の作家はそんなことも思わせた。

山川惣治『少年王者』。復刻版を持ってます

乙女の夢と東京百景

九段お濠端の目立つところにある七階建てのたいへんモダンなビル「昭和館」は、以前から気になっていた。説明パンフには〈昭和館は、国民が経験した戦中・戦後の生活に係わる歴史的資料・情報を収集、保存、展示し、苦労を次世代に伝える国立の施設です〉とある。国立なんだ。入館は六十五歳以上・二七〇円。一階は展示室で、上階にイベント会場、研修室、図書室、映像・音響室、常設展示室と続く。

一階奥の「懐かしのニュースシアター」は戦中戦後のニュース映画を四十分ほど上映して、たいへん興味深かった。であれば五階の映像・音響室〈当時の写真・映像・音響（SPレコード）資料をパソコンで簡単にさがして、見たり聞いたり調べたりできます〉にぜひ寄ってみたい。四階図書室で、子どものころ愛読した「少年クラブ」をまた見たい。

年齢七十六になり、頭を占めるのは昔の思い出ばかりだ。信州田舎のはな垂れ小僧だったころ、日本中がそうだった貧乏暮らしながら、父母が懸命に働く姿は、人はこうしなければならないということを教えていた。

青雲の志を抱いて上京、戦後の高度成長が実を結んできた日本が希望に満ちていたのは、二度と戦争はしないという決意に支えられていたからだ。やがてバブル崩壊、昨今の不戦の誓いを忘れた反動政治に至っている。そんな世の変遷をながく見てきて、自分の根を本当に作ったのは少年期だったと知り、当時への想いはつのるばかりだ。「昭和館」とはよく名付けた。ここには私の幼い時代がある。

＊

一階の棚の展覧会図録バックナンバーを見ると良さそうなものがたくさんあり、二冊を購入した。『中原淳一の生きた戦中・戦後～少女像にこめた夢と憧れ～』は、二〇一三年の「昭和館特別企画展　生誕１００周年・没後30周年記念」のもの。

戦前戦後に少年たちの心をつかんだのが小松崎茂や山川惣治であれば、少女の心をつかんだのは

中原淳一のスタイル画

「少女の友」表紙

中原淳一だ。素敵な洋服に身を包み、大きな瞳、小さな唇でもの憂げな表情を見せる乙女に幼い私も魅了されたが、男児としては言えない憧れだった。

昭和一三年、川端康成『乙女の泉』、吉屋信子『花物語』など少女小説の挿絵や、雑誌「少女の友」の表紙などでモダンな作風をみせ、「夏休みの女学生服装帖」で髪形やファッションを提案してゆく。ちなみに私は大人になった今、少女小説に興味があり『花物語』は復刻版を持っており、川端の『乙女の港』も読んでみたい。

中原は麹町に「ヒマワリ」を開店して少女向けの文具や服飾雑貨をそろえ、洋服の注文も受け銀座や中野にも支店を出すが、軍部から「(目のぱっちりしたきれいな少女は)時局に合わない」と「少女の友」の表紙を降板させられる。当時の日本や今のプーチン政権など、こんなことにまで口を出して統制してゆくのは全く「せこく」、自信が持てない証拠だ。

しかし戦後は「ヒマワリ社」を再出発させ、雑誌「ソレイユ」を創刊し、戦後の物資不足のなかでもできるスタイルブックで夢を与え続ける。

雑誌表紙や挿絵は、男の子には乗り物や冒険、女の子には洋服やスタイルなど「絵の力で夢を持たせた」。絵や美術は本来的に「平和が表現されているもの」なのだ。

*

あと一冊『版画に描かれたくらしと風景』は二〇一〇年の「昭和館特別企画展・館蔵名品展」のもの。

江戸期浮世絵の衰退後、大正期に現れた新版画は、版元・渡邊庄三郎のもとに新しい風俗を描き、美術価値はもちろん、写真以上に貴重な世相の記録となった。写真は邪魔な看板や電柱も写ってしまうが、絵は必要なものだけを描けるので、表現したい純度がより高くなる。

ここ数年、新版画に夢中になっている私は、巨匠・川瀬巴水の展覧会はいくつも通い作品集もそろえ、さらに吉田博の没後七十年展は視野を拡げた。風景の情感において川瀬は比類なく、吉田はインド、東南アジアまで広げた端正な作風をもつ。

私の好きな笠松紫浪は、川瀬よりも強い描線と狙いのある色彩処理がモダンとなり、昭和九年作「春の夜　銀座」は灯のともる「東をどり」看板の下に「寿司」の屋台が大きな暖簾から明かりを外にもらす。各地の自然もいいが、私は江戸以来の情緒を脱した近代、同時代の都会を描いたものが好きで、笠松最晩年の昭和三四年には「東京タワー」もある。

ずいぶん昔に神戸の古書店で、神戸新聞に昭和三八〜三九年にカラー連載された版画家・川西英の「兵庫百景」全一〇〇回のスクラップブックを見つけ、まるで知らない作家だが、版画の特徴を生かした平面的なカラーベタを多用した、いかにも港町神戸らしいモダンな作風に圧倒され、かなりよい値段のを無理して買った。

また秋田で訪れた「赤れんが郷土館　勝平得之記念館」の展示で、秋田の四季、生活をフルカラーで描いた版画に魅了され、購入した作品集も見飽きない。私は版画、印刷されたものが好きだ。

この昭和館の図録では、じつに様々な版画作家が東京の風俗を描いている中では、小泉癸巳男（こいずみきしお／明治二六〜昭和二〇年）の「昭和大東京百図絵版画」（昭

小泉癸巳男「戸越銀座駅」

小泉癸巳男「あたごやまＪＯＡＫ」

和五～一二年）が最も多数掲載される。そこには「帝国ホテル玄関」「あたごやまのＪＯＡＫ」「春の動物園」「羽田・国際飛行場」「駒沢ゴルフリンクス」などが描かれ、「数寄屋橋畔」は橋から見る旧朝日新聞社、「淀橋区・早稲田大学街」は大隈講堂を背に学生服が歩き、「戸越銀座駅」は懐かしい踏切に電車が来る。

　さらに、奥山儀八郎の「帝國議事堂」「東京中央停車場」「駿河台明治大学」、山村耕花「日本銀行旧館」らは今と変わらぬ建物だ。

　また川上澄生、藤森静雄、川西英、北村今三らの「新日本百景」、赤松麟作「大阪三十六景」など、いくつかの百景ものがある。歌川広重門下の「名所江戸百景」、葛飾北斎「富嶽三十六景」などの名風景版画は、昭和初期まで脈々と受け継がれていた。これらをぜひ見たい。

思うに、今の画家は一体なにをやっているのだろう。現代の街、風景を描く人など誰もいない。雑誌「東京人」二〇二二年三月号は、新版画の復活人気に応えるように「新版画と東京」の特集を組み、待ってましたと手にとった。川瀬、笠松、ノエル・ヌエット、土屋光逸などを紹介後、「ブレイク直前！『令和新版画』の制作現場へ」として現代の作家の「雨の銀座」「夕暮れの日本橋」などが載る。作風、洗練はこれからだ、がんばってくれ。わが尊敬する、最高の画力をもつ漫画家・江口寿史氏も新版画の価値を文に書いている。どうか自ら「新東京百景」を制作していただけないか。

旧友が歌うステージ

同居する妻の母は九〇歳、耳が遠いくらいで健康なのがありがたく、気候もよくなってたまには外に連れ出そうと、銀座の資生堂パーラーに昼食に出かけた。白いテーブルクロスでオムライスなどいただいていると、隣の席にお座りの女性二人の一人から声をかけられた。

「宣伝部にいた太田さんじゃありません？」

その方は同じ資生堂本社におられた方で、結婚されて姓も変わり、四十年ぶりなのに憶えてくれていた。昔を懐かしんだあと近況を尋ねると、定年ちかくなってからシャンソン教室に入って勉強され、なんと今は歌手として、ときどきステージに立っているそうだ。

「へえ！」と驚く私に「いえいえ素人程度です」と謙遜しながら、「よろしければ聴きに来てください」といただいた名刺は、歌手名で「Chanson singer 丘のり子」とあった。しばらく後、メールで次のステージの案内をいただき、「シャンソンの店kuwa」に出かけた。

場所は歓楽街の喧騒も消えた新宿三丁目。探し当てた、赤白青、フランスカラー看板のあるビルの地下。応接間風の店内は木床の奥にピアノが一台。壁にはロートレックのポスター、テーブルには花。ほどよい場末感のある街はずれの地下にこんなサロンがあるのはシャンソンにふさわしい。案内された席は奥の正面で、話は通っている感じだ。おしぼりを使ってジントニックでのどを湿らせていると彼女がやってきた。ロングドレスが素敵だ。

「どうもありがとうございます」「楽しみです」

本番前の人に長話してはいけない。次第に埋まる客席は通い慣れた女性仲間が多いらしく、一人客も常連ばかりのようだ。

シャンソンは、銀座に勤めていたころ近くの地下シャンソンライブホール「銀巴里」でたまに聴き、資生堂の企業新聞広告「女の仕事」シリーズでは、大御所・金子由香利さんをここで撮影した。そのキャッチフレーズは「女の感情と人生を歌うことの、よろこび。」金子さんは本文に「シャンソンで最も大切なものは詞、そこに自分の人生を置きかえてふくらませる」と書かれた。「銀巴里」はその後なくなり、今は

「元銀巴里跡」の碑が立っている。

ステージに丘さん登場。ピアノを伴奏に歌う姿は堂々としながらも気負いがなく、歌が身についているのがよくわかる。

数曲の後、「私は若いとき銀座で働いていました。夜ではありません」とかるい笑いをとったあと、私の方をまっすぐ見て「今夜はそのころの同僚の方が来てくれていますす、その方にこの歌『ルイ』をおくります」と改めてマイクを握り直した。

♫並木通りにある　小さな画廊の飾り窓
痩せた女のデッサンが　朝の銀座を見つめてる

その子の名前は「ルイ」と言い　酒場に勤めていた
気立ての良い子で　浮いた噂のひとつも聞かない子だったが
ある日絵描きの卵と恋に　恋に落ちたよ

端で見るのもいじらしく　男に尽くしていた
「きっとあの人は偉くなるわ」と　口癖みたいに繰り返し

飲めぬお酒を　死ぬほど飲んで　貢ぎ続けた

（間奏）

やがて男はフランスに　ひとり旅立った
後に残されたルイはそのうち　深酒重ねる日が続き
彼の帰りを待たずにひとり　死んでしまった

疲れた目をして三月後　戻った恋人は
お金をかき集め　ルイと言う名の　小さな画廊を開いたよ
いつもあの子が「どこより好き」と言ってた銀座に

並木通りにある小さな画廊の飾り窓
痩せた女のデッサンが雨の銀座を見つめてる

丘さんと私の勤めていた資生堂本社は並木通りにあり、そこは画廊の通りで、宣伝部でデザインをしていた私はよく見に入った。丘さんも訪れていたことだろう。歌はすばらしい。こんなにうれしい贈りものはなかった。

旧友が歌うステージ　その二

それから後日、文藝春秋にお勤めの女性編集者からメールが入った。二年前、上高地帝国ホテルの取材記事を頼まれ、そのとき同行いただいた方だ。

メールは、なんとその方は出版社勤務のかたわら女性ジャズ歌手として活動しており、「こんど銀座で出演します、よろしければお出で下さい」、添付のちらしは〈JAZZ　MEETS　ROCK　2　関根敏行トリオ＋TWINS2022　かよまま・純じゅん〉。この〈TWINS2022〉というペアの〈かよまま〉さんだ。歌手名は本名の〈かよこ〉にママをつけたのだろう。

出かけたのは銀座並木通り、目印はミツワ自動車のショールーム。資生堂デザイナーだったとき、

バブル期を象徴するようにできたここは広い敷地の壁一面すべて大理石なのがモダンで、借りて撮影をしたことがあった。並ぶ新車数台をどかしてもらったのだから、同じ並木通りの老舗・資生堂のネームバリューのおかげだったのかもしれない。

その隣のビルの地下二階が今夜のジャズクラブ「銀座シグナス」、私は初めてだ。せまい階段を下り左の小ドアを押すと、右に帽子やコートを預けるクローク、左奥にバーカウンター、その前からボックスに仕切った客席になり、壁際は一段高いベンチシート。最奥がステージで、ピアノ、セットドラム、横たわる大きなウッドベース、スタンドマイク、様々なコードが床をうめる。

横浜や神戸のジャズクラブにも行ったがどこも同じ造りで、慣れた常連はバーカウンターに斜に立って一杯やりながら、遠くの演奏を「今日はどうか」と批評家ふうに見る。出演者の楽屋はなく、隅の席で譜面を見ながら確認しあっているのがいい。

一人の私は案内されて小さな席につきウイスキー水割りを注文。

落ち着いて見渡すと客席手前の白壁や梁には手書きサインがいっぱいある。ジミー・スミス、レイモンド・コンデ、マーサ三宅、前田憲男、アンリ菅野、中村誠一など大物ジャズメンのなかに、自筆似顔絵つきの映画スター宍戸錠のもある。ここはすでに三十四年続いている銀座のジャズクラブだ。ほぼ満員の客席はグループなど男女半々、ジャズ好きらしい一人男は離れたベンチシート席でグラスを手に悠然と演奏開始を待っている。

さて奏者登場、ピアノ／関根敏行、ベース／横山裕、ドラム／小泉高之のトリオ。ベースはペンペンと音出しして弦を締め、ドラマーは椅子をちょっと調整。カンカンカンのスティック合図あっていきなり始まったのはサインのあったジミー・スミス（ジャズオルガン）のヒット曲「ザ・キャット」だ。

演奏快調、やっぱりジャズっていいな。ピアノは中盤、小腰をかがめて立ち、右上に置いた小型電子オルガンを右手で、左手はピアノ鍵盤の妙技をみせる。

昔は大物外来奏者のコンサートにも行ったが、今はジャズは生をふらっと聴きに行くものになり、出演は誰でもよく、その場限りに消えてゆく演奏を楽しむようになった。

終えて歌手登場。小柄なかよままさんは黒、背高の純じゅんさんは緑の、同じデザインのロングドレス。歌は「デイ・トリッパー」、次いで「ノルウェーの森」のともにビートルズ。なるほど〈JAZZ　MEETS　ROCK〉とはこういうことだったんだ。二重唱のハーモニーが美しく、どちらも編曲が巧みだ。二曲歌い終えてご挨拶。「ここシグナスにはずいぶん昔から、年二回ほど呼んでもらっています。ツインズで〜す」と決めポーズしたがあまりうまくなく笑い声が。

次はかよままのソロで、「500マイル」を忌野清志郎の詞で歌いますと一呼吸、気持ちを引き締め直した。

次の汽車が　駅に着いたら
この街を離れ　遠く
500マイルの　見知らぬ街へ
僕は出て行く　500マイル

ひとつ　ふたつ　みっつ　よっつ
思い出数えて　500マイル
優しい人よ　愛しい友よ
懐かしい家よ　さようなら

汽車の窓に　映った夢よ
帰りたい心　抑えて

抑えて　抑えて　抑えて　抑えて　抑えて
悲しくなるのを　抑えて

次の汽車が　駅に着いたら
この街を離れ　500マイル

ピーター・ポール&マリーの名曲に清志郎の詞があるとは知らなかった。清志郎の詞はみんないい。かよままは気持ちをこめた名唱、来た甲斐があった。

後は勢いにのり、ブラッド・スウェット・アンド・ティアーズの「スピニング・ホイール」やジョン・レノン「イマジン」など六十歳世代なら誰でも知る曲を。

第二ステージは純じゅんさんのソロでイーグルスのバラード「デスペラード」、銀座の夜にこれを歌って、それを聴く人がいるとは。どれも小泉高之のシャープなドラムが積極的に歌・演奏を前に進めてみごとだ。

後半の盛り上がりはマンハッタン・トランスファー。精妙闊達、楽器的なボーカル技術が聴きもののジャズコーラスはアメリカンシンガーの独壇場で、とりわけこの四人組グループはみごと。二人はそれに真っ向から挑み、目をつぶるとニューヨークのジャズクラブに居るよう。最後はボーカル、バンド乗り乗りで「ルート66」を軽快に。

*

資生堂に勤めていた方、文藝春秋の現役社員、ともに壮年の女性がプロ歌手として歌うステージは、積極的に自分を楽しむ姿が、世の中捨てたものではないと幸福にさせてくれた。

映画が好きで

映画好きの私が通い続けるのは「国立映画アーカイブ」だ。

一九五二年に立ちあげた「フィルムライブラリー事業」の京橋の建物は旧日活本社で、映写ホールがあったのが役立った。七〇年に「東京国立近代美術館フィルムセンター」が開館。八四年に不慮の火災がおき、その再建中は竹橋の近代美術館講堂で上映を続け、九五年の新スタート後は神奈川県相模原分館に空調低温管理万全の保存庫を新設。京橋は映写ホール、資料室に展示室も加わる。そして二〇一八年、日本で六番目の国立美術館「国立映画アーカイブ」となった。

その目的は、（一）映画を保存・公開する（二）映画に関するさまざまな教育（三）映画を通した国際連携・協力。

私はその変遷のすべてに通っている。大学入学で上京してから記録しはじめた映画ノートによると、一九六五年がフィルムライブラリーで見た最初で、作品は黒澤明の

『羅生門』。その頃は上階の映写ホールに行くエレベーターが小さく遅く、それを待つか階段で行くかと迷ったものだ。ちなみにその年は『大いなる幻影』『鉄路の白薔薇』『外人部隊』『椿を持たぬ婦人』『望郷』『麗しのサブリナ』『宿命』『恋ひとすじに』をここで見た。まさに基礎勉強だ。竹橋で上映していたとき、伊丹一三氏が見に来て、オートバイで颯爽と帰っていき、勉強してるなあと思ったが、その後映画監督としてデビューする。

映画は本のように図書館で気軽に見るわけにはいかない。映画会社は公開を終えた作品の保存に頼りなく、事実、映画史上の重要作でもフィルムが残っていない作品の方が多いくらいだ。これは映画王国アメリカでも同様だった。

二十世紀最大の芸術である映画の収集保存の必要性は、この反省によって各国で認識され、幸い日本もひけをとらなくなった。フランスのシネマテークを創設したアンリ・ラングロワは「映画フィルムはときどき巻き換える（上映する）ことが品質保持の第一」として上映を続け、そこに通ったジャン＝リュック・ゴダールやフランソワ・トリュフォーが、映画の革新「ヌーヴェル・ヴァーグ」を起こしたのは有名だ。ラングロワは熱心な若者を「椅子に座らなければ無料」とした。それまでは映画監督になるには撮影所や監督のもとでの経験が欠かせなかったが、彼らはシネマテークを勉強の場とし、カメラを手にするといきなり一本を作りあげ注目を浴びた。外国名作映画の配給をしていた川喜多長政・かしこ夫妻は、日本もシネマテークが必要として国にもちかけ、次第に整備されていったのだ。

余談だが私はあるパリ出張のとき、新設ポンピドーセンターへ、そのとき上映していた『博奕打ち　総長賭博』を見に行き、鶴田浩二の啖呵《たんか》が朗々と響くのを満喫したことがあった。

「フィルムセンター最多有料入場者」を自称した故・田中眞澄さんとはよく会い、その後、氏は小津安二郎関連など数々の日本映画研究書に結実させてゆく。当時互いに注目していたのが清水宏監督で、そのレアな上映だった『霧の音』のときももちろんいて、「やっぱ天才だよなあ」と話したのが思い出深い。

＊

七階の展示室は、キャメラ機材や、スチール写真、台本、ポスター類が展示され、小さなモニターは歴史的なフィルムを常時映し、映画マニアに

国立映画アーカイブ外観

はたまらない場所だ。さらに奥は三ヶ月ほどで展示替えする企画展示室で、そこの企画展はほとんど見ている。数年前の故・和田誠さんの収集した映画ポスター展では、当の和田さんが会場で展示を巡りながら三十分ほど立ってレクチャーし、面識のある私にそういう顔をしてくれたのが嬉しかった。今は十一月二十七日まで「脚本家　黒澤明」として、自らの脚本の世界文学からの影響や、登場人物を造型してゆく過程を丁寧に図示し、まことに興味深い。

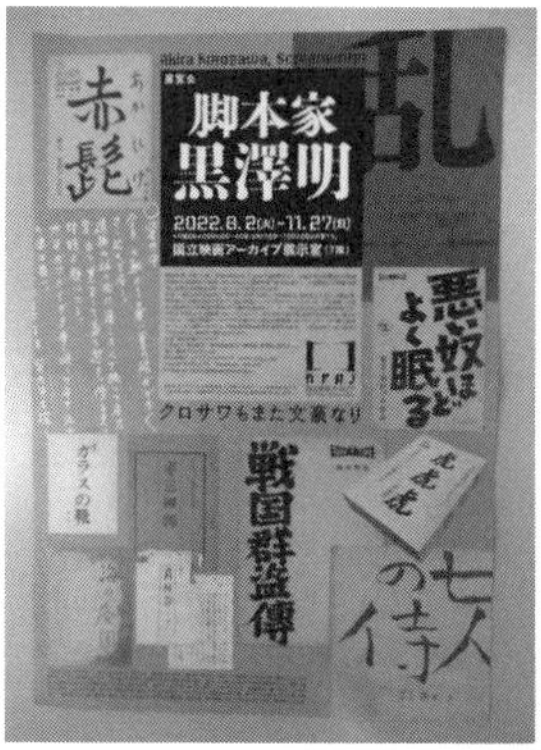

　定期発行している研究パンフレットは良い資料になり、もうたくさんたまった。一九八六年発行の大冊『東京国立近代美術館フィルムセンター所蔵映画目録　日本劇映画』は、一九二一年（大正一〇年）の『豪傑児雷也』『路上の霊魂』『寒椿』から始めて、スタッフロールにあるすべての人名とスチール写真一点を添えた完璧な書。二〇〇一年にその後の新収録を加えて発行した改訂版は、タイトルとほんの数行のデータのみでスチール写真も消えた一覧表になってしまったがやはり必備だ。

　映画の基礎資料では『映画大全集　増補改訂版』（メタモル出版）が小さな活字なが

展示室は昔の撮影機材やポスター、旧作のモニターなど、映画ファンにはたまらない

ら戦後公開の洋邦画全三万タイトルを内容紹介した貴重な一冊。『ぴあシネマクラブ1998〜1999』（ぴあ）は映画マニアチックな解説とスチール写真が読み物としても秀逸。『世界映画人名辞典　監督（外国）編』『日本映画監督全集』『日本映画俳優全集　女優編・男優編』（キネマ旬報社）も必備書。さらに二〇二一年発行の労作『日本映画作品大事典』（三省堂）が加わった。あとは丹念に上映を追いかけるだけだ。

＊

アーカイブの上映は、何といっても現在八万本を超える収蔵作品を使えるのが最大の強みだ。名画座はそのつど映画会社からフィルムを借りて返却しなければならないうえ、そのフィルムがどういう状態か（たとえば劣化していないかなど）が心配になる。もちろん上映料もかかる。映画会社は貸し出しに熱心でなく、出向いて探すのが常態だ。アーカイブはこの手間がない上、ここにしかない作品が多い。最近その貴重なフィルムを名画座に貸し出すようになり、たいへんありがたい。要するに映画は新作ばかりではなく、古い作品も常に見るものになった。文学で古典を読むのと同じだ。

今夏の企画は「東宝の90年　モダンと革新の映画史（1）」三十四本と、関連上映「生誕120年　映画監督　山本嘉次郎」の二十一本。

東宝で戦前から活躍する山本は、『エノケンの近藤勇』のようなミュージカル仕立ての軽喜劇、文芸作『藤十郎の恋』『春の戯れ』、漱石の『坊っちゃん』『吾輩は猫である』の初映画化、特撮を駆使した『ハワイマレー沖海戦』『加藤隼戦闘隊』、長期ドキュメンタリータッチの『馬』、東宝初のカラー作品『花の中の娘たち』など多彩な作風で、都会的で明るく楽しい東宝調を作った大監督だ。その一つがサラリーマン喜劇で、今日は『ホープさん　サラリーマン虎の巻』（一九五一年）。

新入社員の小林桂樹は、上司への頭の下げ方から始まって仕事に恋に奮闘、出世競争の世知辛さも知って成長してゆく。続く『坊っちゃん社員』『續坊っちゃん社員』は地方を舞台に小林が正義感を発揮して町の旧弊封建に挑み、美人芸者に惚れられる。

それまでになかったサラリーマン社会の悲哀をズ」など東宝のお家芸になった。特徴は会社の仕事風景は全くなく、もっぱら上司を上座に据えたお座敷宴会で、部下が珍芸を披露し、美人芸者がからんでくること。常連は森繁久彌、小林桂樹、加東大介、三木のり平、有島一郎ら。これが例えば東映で市川右太衛門、片岡千恵蔵が重役、鶴田

浩二が部長、高倉健が課長で宴会をやる会社ものは全く考えられない（いやおもしろいか）。

国立映画アーカイブと聞くと、名作や文芸作品の保存と思うかもしれないが、そうではない「作られたすべての映画」が対象で、シリーズものや添えもの、記録映画、ピンク映画、無声映画など「とにかくすべて」なのは、発行された全出版物を保存する国立国会図書館と同じだ。問題作や文芸作よりも、繰り返し作られた娯楽作にこそ映画の真の洗練があると思っている私には、これ以上ない施設だ。

ふつうの映画館とちがい常に上映があるわけではなく、客の特徴は、上映開始前に本を読んでいる人が多い、上映後拍手がおきることもある、終わると何やらメモを書いている人がいる、ここで会う知り合い同士がいる。一般五二〇円・シニア三一〇円と安いのがありがたいが、チケット購入はネット予約のみで、それがものすごく面倒なことも指摘しておきたい。制服ガードマンがあちこちに立っているのも目障りだ。

以上、賛辞と注文でした。

舞台を鑑賞

神奈川芸術劇場のハードボイルド劇

　コロナ禍で演劇やコンサートの公演中止が続いた。熱心に稽古を続けてきた関係者の無念は如何ばかりか。私も家飲みばかりの毎日で、こんなに刺激や感動のない一年はなく、老残の貴重な日々が少なくなってゆく。さあ、再開だ。

　二〇二一年九月九日、横浜「KAAT神奈川芸術劇場」の『湊横濱荒狗挽歌《みなとよこはまあらぶるいぬのさけび》』へ。ちらしの惹句は〈作・野木萌葱×演出・シライケイタによる、歌舞伎の人気演目「三人吉三」をモチーフにしたハードボイルド現代劇〉。

　劇団「阿佐ヶ谷スパイダース」を立ち上げて公演を続け、文化庁研修イギリス留学ののち「KAAT」の芸術監督に就任した長塚圭史が、年間テーマに「冒」と名づけた第一弾だ。出演の一人・山本亭とは古い仲で一緒に飲んだこともあり、〈この面子です！〉とメモされた案内をもらい、これは行かねばと。

　初めての神奈川芸術劇場は山下公園に近い角地に大きく、エントランス正面の幅広い大階段は伝統ある外国の大劇場のようで、大勢の制服女性たちがきびきびと案内する。

〈この面子です!〉と言うのは出演の面々。

渡辺哲、ラサール石井は「星屑の会」などでいつも見ており、大久保鷹は唐十郎最初期「状況劇場」で麿赤児、李麗仙、不破万作、四谷シモン、小林薫らと並ぶレギュラーで今回久々の舞台お目見え、美形・岡本玲も顔なじみ、山本亨は外波山文明率いる「劇団椿組」などであぶらの乗った仕事を続けている。この、実力とキャラクターをそろえた横断的キャスティングが長塚の意図だろう。河竹黙阿弥の仁侠白浪もの「三人吉三《さんにんきちざ》巴白浪《ともえしらなみ》」を、現代ヨコハマの裏社会に置き換えてと言うのだからひとひざ乗り出す。

舞台はあるヤクザ組の事務所。山本は若い新興実力親分、渡辺は警察署長でありながら裏社会を仕切り、ラサールはカネで組とつながる情けない警官と、それぞれピタリの役柄。

全員がアウトローでヤクザ言葉の怒号が繰り返され、ピストルを撃つドンパチに死体が重なるア

クションもの演劇は珍しく、こういうのも有りなんだなと新鮮だ。その中盤、引退した老ヤクザ・大久保鷹のバーに、渡辺、ラサール、山本が集まり、しみじみと俺たちはどうしてこうなったんだろうと振り返る場面は、それぞれの役者人生がこもるようで感慨深かった。ごひいき山本亭は生き生きと颯爽たる主演格。今度会ったとき「良かったぞ」と言おう。ベテランにからむ女優や若い役者がじつに頼もしく、巧く、演劇やる若い人はいるなあと実感したのも収穫だった。感動させたり考えさせるばかりが演劇ではない。「痛快アクション」大いに結構だった。

終えてから大好きな山下公園をひとまわり。久々に海を眺めて大いに気が晴れた。

明治座の柄本明たち

ずっと昔から見続けている大好きな女優・松金よね子さんから届いた明治座の公演ちらし『本日も休診』に、目が釘付けになった。
脚本・水谷龍二、演出・ラサール石井、出演・柄本明、佐藤B作、ベンガル、笹野高史、有薗芳記、菅原大吉、松金よね子……、ヒロインは花總まり。

水谷龍二は、売れないムードコーラス「山田修とハローナイツ」の物語『星屑の町』から始まった「星屑の会」主宰者で、ラサール石井、有薗芳記、菅原大吉はそのメンバー、およそ二十年にわたるこの会の殆ど全ての公演を見続け、出版された脚本集『星屑の町』の装丁デザインもした。

柄本明、佐藤B作、笹野高史は、はるか四十年

以上前の自由劇場の仲間。そこから独立した柄本明は劇団「東京乾電池」を結成。私はその結成間もない公演を今はなき渋谷ジァン・ジァンで初見して以来大ファンになって欠かさず見に行き、頼まれて公演ポスターもデザインするようになった。条件はデザイン料タダ、ただし公演打ち上げで好きなだけ飲めるという破格の高待遇。下北沢の居酒屋二階での打ち上げは、当時在籍していた高田純次が、打ち上げだけのために作ったコント芝居がお約束。この席で私はベンガル、綾田俊樹ら役者と付き合う面白さを知り、今も勝手に同志と思っている。

佐藤B作は「東京ヴォードヴィルショー」を立ち上げてそちらも見続け、彼のねちっこい芝居が大好きだ。松金よね子ら女優三人の「グループる・ばる」もおよそ二十年、解散公演まで追いかけた。

松金さんにいただいた手紙は〈青春時代、小さな劇場で共に〝演劇〟をしてきた仲間たちが、明治座の舞台に集まります。大丈夫なのかなァ…と（笑）〉と添え書きされていたが、その通り。まさに若き日からのわが演劇通いのオールスター大集合だ。いったい誰がこんな企画を考えたのだろう。ここは奮発してS席一万二〇〇〇円を即予約。勇躍、浜町へ向かった。

歌舞伎座、新橋演舞場、明治座は、江戸の芝居小屋を伝える御三家大劇場。その雰

明治座外に並ぶ柄本明らの幟旗。「出世しました」と言いましょう

囲気を残す劇場外の幟旗「柄本明」「佐藤B作」「ベンガル」などに、演劇好きが同志的結合で小さな舞台を続けてきた彼らも、幟が立つまでになったかと感慨深い。

天井高い吹き抜けロビーからエスカレーターで上がった二階には外の景色が明るい喫茶店があり、反対側は劇場の歴史を見せる長い展示が続く。喜昇座、久松座、千歳座と変遷し、大正期の明治座は伊井蓉峰《ようほう》座主により新派の牙城となって以降、役者の名で客を呼べる大劇場として、花柳章太郎、水谷八重子、片岡千恵蔵、藤山寛美、森繁久彌、中村勘三郎、市川染五郎、高橋英樹、里見浩太朗、美空ひばり、杉良太郎、大川橋蔵、フランキー堺、勝新太郎、山本富士子、西郷輝彦、五木ひろし、石川さゆり、さらに大地真央、浅野ゆう子、米倉涼子と出演スターは枚挙にいとまがなく、柄本明らがここに名を連ねたのだ。

始まった舞台は戦後の昭和。那須高原の診療所医師・柄本は、年下の美人妻・花總まりに支えられ、〈本日休診〉の札を出しては好きな釣りにゆく。何かとやってくる喧嘩友だち巡査、お調子者ホテル主人、農家なのに畑そっちのけの写真屋、新米駐在、ベテラン看護婦など、季節の変わりを織り交ぜながら、町長選挙にからむドタバタが展開する。

大劇場で難しい理屈の芝居をしても始まらない。基本的に全員善人の舞台は役者ま

舞台を鑑賞

大劇場明治座の緞帳の絵は片岡球子

かせのアドリブ全開に、思わず当人が本気で吹き出す場面もあって、その緩さ、悪人のいない安心感は温泉に浸かっているような心地良さ。大劇場のロングラン公演はこうでなくては。

もともと柄本、B作らは、前衛反体制を標榜して鋭く台頭したアングラ劇とは異なる喜劇色の濃い演劇を目指していたから、それが大舞台に乗ってもますますハッスル。逆にこんな大ステージを使えることは滅多にないと、やたらに回り舞台を駆使する演出が楽しくて仕方がないようだ。

柄本は、一九九八年、今村昌平監督『カンゾー先生』で町医師を演じて各種演技賞を受賞している。白衣がじつによく似合い、その風格が曲者役者の演技合戦の柱となっていた。花總まりは、かつて宝塚で『エリザベート』を見て、運命の美貌の皇女に憧れたが、今回は素顔のカーディガン姿。じつにチャーミングな奥さんでした。

ヨッ、名コンビ！　柄本さんモテるよなー、と雨上がりの道を帰ったことでした。

池袋、東京芸術劇場で『鷗外の怪談』

再燃した演劇熱。今日は作演出家・永井愛が主宰する劇団「二兎社」四十周年記念公演『鷗外の怪談』、二〇一四年初演の七年ぶり再演だ。

池袋西口の「東京芸術劇場」はまだ新しい大きな劇場で舞台は二ステージあり、そのシアターウエストへ。天井高く幟旗が下がる円形吹き抜けを、エスカレーターで下りて地下受付に。客席に座ると舞台上はすでにセットが建っていて、広い和室に書棚を背にした森鷗外の執筆椅子机、前の円卓を応接椅子が囲む。

森鷗外（松尾貴史）のその部屋は、親友で軍医の賀古鶴所（池田成志）や、弁護士で文芸誌『スバル』発行人の平出修（渕野右登）、作家で「三田文学」編集長の永井荷風（味方良介）ら来客が

池袋、東京芸術劇場ロビー

絶えない。一方、家庭は母・峰（木野花）と、鷗外の後妻・しげ（瀬戸さおり）の主導権争いが続き、新米女中・スエ（木下愛華）（これのみ創作人物）はおろおろするばかりだ。

来客との問答は、政府最高の軍医総監、翻訳創作の文学者、また社会啓蒙家と、鷗外の様々な立場をよく説明しながら、その多様の芯にあるものを望見させてゆく。また嫁姑の争いに、それぞれ対応を腐心する家長でもある。

俳優の長台詞は綿密に論理化され、わずかな言い淀らしも、アドリブも許されず、時折少し会話を休ませ、さらに進める劇展開に、満員の観客の集中した緊張感が続く。たまにおきる小さな笑いは、今の日本への警鐘がつねに根底にある永井劇への観客の共感だ。二兎社おなじみの女優・木野花の緩急自在さと、後妻・瀬戸さおりのひるまない抵抗。親友・池田成志の鷗外を思う諫言。花柳に身を置くことで自己を守る荷風・味方良介ら、それぞれの人物も彫琢深い。

主役の松尾貴史は、人の話をよく聞いて処す判断に追われながらも、一人執筆机にたたずみ物思いにふける姿がこの人物の複雑な内面の存在感をよく体現していた。最終場面、孤独に観客を見て、小説『舞姫』に書いた留学先のドイツに残した恋人を追想する台詞は、女性客をわしづかみにしたようだった。

ゆるぎない完成度の演劇らしい演劇を見た満足感があふれる。終えたロビーに作者の永井愛さんがおられ、面識はないがその感想を述べると喜んでくださってうれしい。

ご尊父・永井潔は画家で、愛さんが館長をつとめる「永井潔アトリエ館」の第六回企画展「絵描きの一人娘」の愛さんを描いた作五点セットポストカードをロビーで販売。ピアノを弾く幼少期や、娘に成長した姿に、美術を愛し子煩悩でもあった鷗外が重なる。私の「かわいいですね」の言葉に、はにかんで笑われた。

父上の永井潔さんが、愛さんを描いた絵

渋谷で唐十郎『泥人魚』

暮れも押し迫った二十八日。「渋谷東急Ｂｕｎｋａｍｕｒａシアターコクーン」の唐十郎作・金守珍演出『泥人魚』へ。

唐十郎こそは私を演劇好きにした最大の原点。その最初期、新宿の小さなジャズライブ「ピットイン」での公演以来、状況劇場による花園神社の紅《あか》テント公演は次々に追いかけ、完全に洗脳されて以来、最も目を離せない演劇家となる。

唐はアングラ演劇として出発したが、最初から独自の演劇世界を持って、単なる異色や反体制とは次元がちがっていた。低俗に聖をみる、ナンセンスを哲学にする、どたばたで真理を表す、舞台劇でありながら野外劇。

その途切れない創作は「状況劇場」「唐組」としてテント掛け舞台を継続しながら、今や他の演出家により大劇場で公演されるようになった。二〇一二年、ここ東急Ｂｕｎｋａｍｕｒａでの宮沢りえ初主演『下谷万年町物語』（蜷川幸雄演出）は、小屋掛けテントの熱気があるだろうかと心配したが、逆にスケールの大きさが加わり、唐演劇の古典的堅固さを再認識したのだった。

今回の『泥人魚』は〈唐十郎の集大成！　演劇賞を総ナメにし、演劇界を席捲した伝説の戯曲が初演以来18年ぶりに上演決定!!〉とある。私は初見だ。

「シアターコクーン」は典型的な真四角のシューボックス型劇場で、ずいぶん前に行った、ソプラノの最高峰、アンナ・ネトレプコの小さな独唱会が忘れられない。

今日は三階客席まで満員。最近の芝居は最初から舞台セットが見えているのが普通になったが、今回は真っ赤な緞帳が下り、舞台がどうなっているかが全くわからない。なんとなく遠く波音が聞こえるような気がするうち場内は暗くなり、荘厳な序曲でしずしずと幕が上がってゆく。

そうして休憩十分をはさんだ二時間。圧倒的なフィナーレで再びしずしずと幕が下がった。それは現実と全く切り離れた別世界。夢が始まりそして消える、地面に座る小屋掛け芝居が、ここまでギリシャ劇のような聖性を持つ劇となったのか。

練りに練られた長台詞の速射砲についてゆけない私には、話の筋がよくわからないのはいつものことだが、そのもどかしさを超えた、瞬間的な照明の変化、音楽の挿入、オーバーな演技とストップモーション、ブリキ板を背負った登場、リヤカーに積んだ泥水、ブリキ屋のセットの上に時折映し出される大天主堂、荒れた海、客席をなめ回す照明、詩情と奇想、厳粛と笑いの共存、第一幕終了で宮沢りえの太ももに水を流す場面は拍手しそうになった。

意味はよくわからなくても、そこにはまぎれもない劇があり、視覚聴覚を刺激し続けるのは唐劇の独壇場だ。これで台詞を理解できたらどれだけ面白いだろうと思うが少なくとも三回は見ないと無理だろう。五回見ればスケールがすべて解るか。

しかしその内容の深さは、台詞を骨肉とした宮沢りえ、風間杜夫、六平直政、磯村勇斗、愛希れいか、など俳優たちの楽しげな確信的演技からわかる。この芝居をもっともっと知りたい。

やはりたいしたものだ。これからも唐十郎劇は一生見続けるだろうと思いながら出た外は現実の師走の町。吹いてきた北風は見終えた舞台からだったか。

下北沢、本多劇場で加藤健一・佐藤B作

新劇の名優・加藤健一の「加藤健一事務所創立40周年」&「加藤健一役者人生50周年」記念公演第一弾、ニール・サイモン作『サンシャイン・ボーイズ』の公演発表があったのは二年前で、即これは行こうと決めたのだが、コロナ禍でどんどん延期され、二〇二二年の三月三日から下北沢本多劇場で公演のちらしを見たときも大丈夫かと思った。

と言うのは、これも発表後延期されていた、渡辺えり・キムラ緑子共演『有頂天作家』が京都南座公演を終え、東京新橋演舞場で二月一日から二週間の公演が始まり、私は九日のチケットを買っていたのだが、開始後数日でコロナにより中止となり、その払い戻しにひと手間かかったからだ。

どちらも「稽古を重ねてじゅうぶんな態勢になっていての順延は残念だが、必ずやります」という新聞記事を見て期待していただけに、映画やテレビとちがう生身の舞

台が発表方法である演劇の厳しさを感じていた。

しかし幸い、本多劇場『サンシャイン・ボーイズ』は予定通り公演され足を運んだ。私の楽しみはながいキャリアを持つ加藤健一の節目の公演であることと、招いた共演者が佐藤B作であること。ちらしには〈人生の酸いも甘いも知ったヴォードヴィルの大スターコンビを、加藤健一と佐藤B作コンビが、己の人生と重ね合わせてお魅せします〉とあるが、あらゆるジャンルを端正に演じる加藤と、喜劇を中心にねちっこい演技で私は大ファンの佐藤は、意外にも初共演だそうで、これは見ないわけにはゆかないのだった。

ウィリー（加藤健一）とアル（佐藤B作）は、ヴォードビルの大スターコンビ「サンシャイン・ボーイズ」として人気を博したが、解散後は一度も会っていなかった。そのウィリーにもちかけられた、十一年ぶりに伝説のコンビ復活をうたう一夜限りの名作コント上演を、彼はかたくなに拒否する。

せまいホテルの一室で落ちぶれてテレビに文句を言うだけのウィリーは、この名誉なカムバック話をもってきた甥のマネージャーに、往年の相棒の悪口をえんえんと愚痴るが、「じつはもうアルをここに呼んである、会うだけでも」と言われ慌てる。

そのアルが登場してからが、ぐっとひざを乗り出す場面となる。目を合わさず、互いにおまえの方から口を開けという態度をとり続ける長い無言を、固唾を呑むように持続させる二人の俳優のみごとさ。長いキャリアを重ねて尊敬する者同士の初共演は、台詞なしでも、ほんの「おい」だけでも、間の取り方、目線の方向、わずかな動作で、見ごたえある「芝居」になって、さすがと思わずにはいられない。主役一人の名演ではなく、名優同士のがっぷり四つは、そうきたか、ならこれでどうだ、と大して内容のない台詞がこんなにも面白いのか。これぞ編集された映画やテレビとはちがう、始まったらノンストップの生の舞台の魅力だ。

それからの話は期待どおり二転三転の面白さ。なんとか一度限りの再共演にもちこんだ本番は、昔とった杵柄で名コンビがよみがえるか、互いのブランクがそうさせないか、はたまた積年の恨みが出てくるか……。

ニール・サイモン作品は何回も演じている加藤が、ふさわしい年齢になった時にと温存しておいた名作中の名作に、相手役に白羽を立てたのがB作だった幸福よ。まさに「サンシャイン・ボーイズ」のコンビがそこに居た。

パンフレットの加藤の文「お客様へのメッセージ」は私の目を見開かせた。

〈カトケン事務所は、創立以来四十年間、まだ一度も舞台を映像に収めて出版・販売した事がありません。それは、観ている先から消えて行ってしまい、決してもう一度観ることが出来ないこの表現方法が好きだからです。水に絵を描くような表現、観て下さったお客様の記憶の中にしか残らない儚い芸術。それはまさに私たちの人生そのものの様ではありませんか。巻き戻しが出来ない、やり直しがきかない人生だからこそ、私たちは一瞬一瞬を輝いて生きようと懸命になるのです。その日、劇場に足を運んで下さったお客様と同じ時間を共有し、一緒に作り出す、一度限りの夢舞台。何と素敵な世界でしょう！〉

まさにその通り。生でしか観られない演劇の魅力をこれほど表した言葉はない。カトケン、B作、待っていた甲斐があった、出会えて良かったぞ!!　舞台姿の二人がこちらに手を差しのべるちらしは保存版としよう。

仲代達矢役者七十周年記念公演『左の腕』

先週、本多劇場で見た『サンシャイン・ボーイズ』は「加藤健一役者人生50周年」記念公演だったが、今日見る『左の腕』は、仲代達矢が主宰する無名塾の「仲代達矢役者七十周年」記念公演だ。役者七十周年とはすごいことではないか。かつてそんな人はいたのだろうか。

舞台というものは公演を発表するとチケットは売り出され、もう後戻りはできない。役者は幕が上がったら、最後まで何日も同じことを同じレベルでしなければならない。同じ演技仕事でも、後から編集できる映画やテレビドラマは、収録時に間違えたり納得できなければ「すみません、もう一回」ですむ。観客はいないから集中でき、ＯＫが出ればそれで終わる。しかし生身をさらして続く舞台は誰も助けることはできない孤独な真剣勝負が繰返し続く厳しい世界だ。それゆえ役者は万全の稽古を重ねて臨む。それを仲代達矢は七十年も、質高く続けてきた。

私はこの名優をデビューすぐから追いかけ、出演映画は必ず見るのを今も続けている。繰りかえして見る作も多く、この人の映画に駄作は一本もない。映画は監督のものゆえ、黒澤明、小林正樹、岡本喜八などなどの注文に応じて、真摯、重厚、アクション、オトボケまでその幅はまことに広く、本人が役を楽しんでいるのを見る楽しさがいっぱいだ。一方、舞台は役者のもので、その日の出来は役者の肩にかかる。私も『肝っ玉おっ母と子供たち』や一人芝居『バリモア』などいくつかを見た。

仲代は若い時から一年の半分は映像、半分は舞台と分けて仕事を続けてきた。映像は単身で臨むが、舞台は各種公演に招かれながら、俳優養成の「無名塾」を主宰し、若手を育てる企画公演を続けている。その役者人生ひとすじ八十九歳の、生身の舞台が今日また見られる。今回は八日間、舞台に立つ。

劇場は再開発が進んだ北千住駅前に新しくできた「シアター１０１０」。「祝七十年」の花がいくつも飾られるロビーの一方には、おお、映画『用心棒』のあのピストルをかまえた着流しの敵役と、舞台『どん底』のぼろぼろ衣装の等身大写真切り

ロビーを飾る切り抜きやポスター

抜き、映画『天国と地獄』『殺人狂時代』の縦長ポスターが飾られ、皆さん写真を撮って、七十年記念公演の雰囲気が盛り上がる。フロアに立つすらりときれいな女性案内係は、友人らしい女性客に「今回は裏方なのよ〜」と笑いあう。無名塾の女優さんかな。

まもなく開演のアナウンスを待つまでもなく、まだ十五分もあるのにすでに満員の観客は着席しており、誰も会話せずシーンと開演を待つ緊張感は、コロナによる公演延期が重なるなか、この偉大な高齢俳優の生の舞台を見ておかねばという期待の強さだ。やがて暗くなり、序奏音楽がしばらく流れて幕が上がった舞台には、貧しい袢纏姿の仲代がぽつんと座ってスポットライトが当たり、一呼吸あって全体が明るくなると大店の土間だ。

江戸深川、卯助（仲代達矢）と娘おあきは飴細工売りでひっそりと暮らしていた。料理屋松葉屋の板前・銀次は親子で松葉屋で働けるように口をきいてやる。明るく気立ての良いおあきは気に入られ、卯助も黙々と雑用をこなし、父と娘は穏やかな暮らしを得た。しかし店に出入りする目明しの麻吉は、つねに「左の腕」に布を巻いている卯助を不審に思い、さらに、おあきに目をつけてからんでくる。

松本清張の原作で、善悪や情が無理なく描かれる時代劇であることがうれしい。ひょうひょうたる老役の仲代は、背筋を伸ばしながらやや腰を沈めた歩き方に能役者のような格があり、老いぼれ声ながらも台詞は満場に伝わる。

しゃべりすぎず、まわりの口論をじっと聞いているだけなのに、確固たる存在感はなお重く、他の役者の大きな動きと対照的に、目線を送る・はずすくらいのわずかな演技で心理をシャープに表してゆく。

しかし終盤、立ち回りを含んだ口跡の、一転骨の通った凄みはやはりこの人ならでは。八十九歳仲代達矢は堂々たるまぎれもない現役だ。

序奏、幕間に流れる池辺晋一郎の音楽は、不安感のなかに清らかな情感をたたえてすばらしい。一瞬たりとも目を離さない満場の観客の集中力を一身に受けて、なお落ち着いている役者歴七十年は、まさに見ておくべきもので、幕が下りても讃える拍手は鳴りやまなかった。

ロビーで購入したパンフレットに仲代は「不寛容の時代」として書いている。

〈……何よりも怖れるのは、「不寛容」が常に戦争に道を開いて来たという事実である。第二次大戦後の七十五年間、何とか日本の平和は保たれて来たが、私のような戦争体験者にとっては、棺に入るまで触れておきたい課題である〉

劇場を出ると、新聞がロシアがウクライナに始めた戦争を生々しく報じていた。

舞台を鑑賞

お祝いの酒も並ぶ

「星屑の会」リハビリ公演

私が最もながくファンとして見ている演劇は「星屑の会」だ。一九九四年、水谷龍二が書き下ろした、売れないムード歌謡コーラス「山田修とハローナイツ」の顚末を描いた『星屑の町』は、当時の中堅実力俳優それぞれに巧みな見せ場を配置しながら哀歓をもち、文学的新劇でもどたばた喜劇でもない集団劇として評判になり、また演じた役者連にも「これはおもしろい」の感をいだかせた。

開幕前どこからともなく三橋美智也の名曲「星屑の町」が小さく聞こえてきて、次第にボリュームが大きくなると、パッと暗転して始まるのをお約束に続いた続篇は「南国旅情篇」「ナニワ純情篇」「長崎慕情篇」「東京砂漠篇」と続き「新宿歌舞伎町篇」ではゲストに前川清を迎えて下北沢・本多劇場から新宿コマ劇場に進出。再び本多劇場に戻った二〇一九年「完結篇」で七回続いた幕を下ろした。

ハローナイツの役者陣は、リーダー山田修が小宮孝泰、メインボーカルが大平サブロー、バックコーラスはラサール石井、渡辺哲、でんでん、有薗芳記。そこに山田修の弟として菅原大吉が交じり、以降この劇の面白さに賛同したように朝倉伸二、江端英久、新納《にいろ》敏正、さらに大輪名花・戸田恵子が常連として加わって、ゆるやかな「星屑の会」にまとまってゆく。

見せどころは、無責任だったり、自分勝手だったり、心配性だったりのメンバーの個性と、どさ回りの内紛の果て、必ず「もう解散しよう」となる凋落の哀歓だ。

完結篇を打って「星屑の会」そのものも解散したわけだが、二〇二〇年はゲストにのんを迎えて映画にもなった。私は舞台も映画もすべてを見て夢中になり、出版された脚本集『星屑の町　山田修とハローナイツ物語』（星雲社）のブックデザインもした。

今回、「星屑の会演劇リハビリ公演」という『王将』のちらしにラサール石井が書いている。〈二〇一六年「星屑の町～完結篇」で二十二年演じ続けた「星屑の町」が幕を閉じました。しかしその後も熱烈なファンの方々から「本当にもうお終いなんですか」と言う声が多数寄せられたので

一九九八年／星雲社刊

す。作家の水谷さんに「またやる可能性はありますか」と聞いたら一言「十年後」という答えが！　そうですやります！　２０２６年。そのタイトルは「星屑の町〜忘却篇」。私と小宮とサブローさんは七十歳、でんでんさんと哲さんは七十五歳。果たして出来るのか？　その日のためには演劇リハビリが必要です。そうです。そのために、この「王将」の胸を借ります！〉

リハビリなどと銘打っているが、またやりたくて仕方がないという本音が見え見えだ。ではと構成台本・演出の水谷龍二が選んだのは、北条秀司が新国劇に書き下ろした古典的三部作、将棋指し坂田三吉の生涯を描いた『王将』で、この名作は舞台のみならず、阪東妻三郎による映画化は大ヒット、次いで辰巳柳太朗、三國連太郎、勝新太郎と続々映画化され、村田英雄の歌う「吹けば飛ぶよな将棋の駒に〜」は不滅の名曲となった。

これを星屑が？　はたしていかなる舞台かと興味津々に下北沢小劇場Ｂ１へ向かった。

＊

下北沢に十いくつもある劇場で最も小さい「小劇場Ｂ１」は地下で、床から十センチほど立ち上げた五メートル四方ほどの小舞台に、L字に囲んで客椅子を置いただけの極小アングラで、予算がないのか舞台は木の縁台が一つあるだけだ。そこがいかにも演劇好きばかりで補助椅子も埋まる超満員。

大阪の将棋バカ・坂田三吉（でんでん）は、東京の関根名人に奇手で勝ち、一躍名をはせる。勢いづいた関西将棋界は大阪朝日新聞をバックに東京への対抗意識を燃やして「関西名人」を名乗り、ただ将棋を指したいだけの三吉を祭り上げてゆく。

小宮孝泰、ラサール石井、有薗芳記は一人四役、関根名人も演ずる朝倉伸二はなん

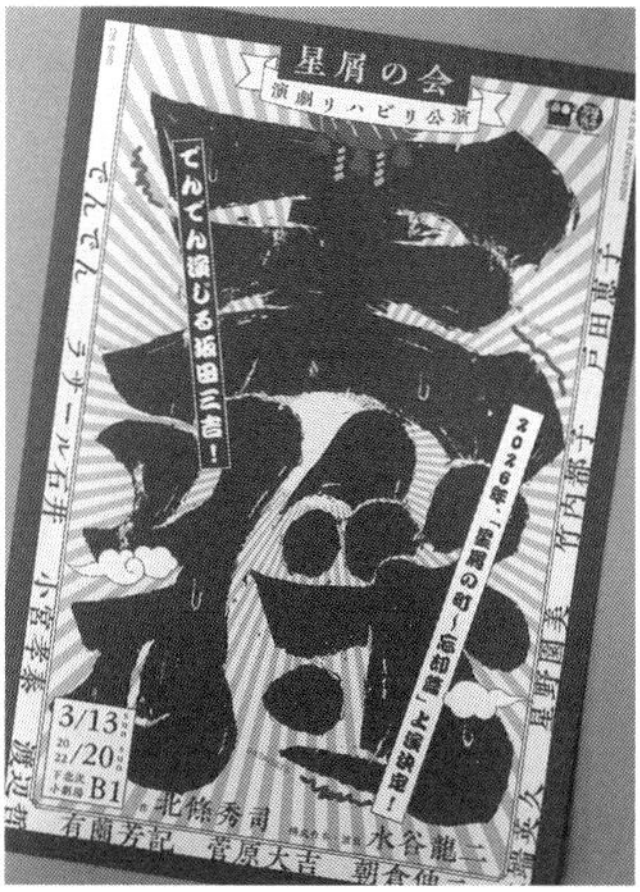

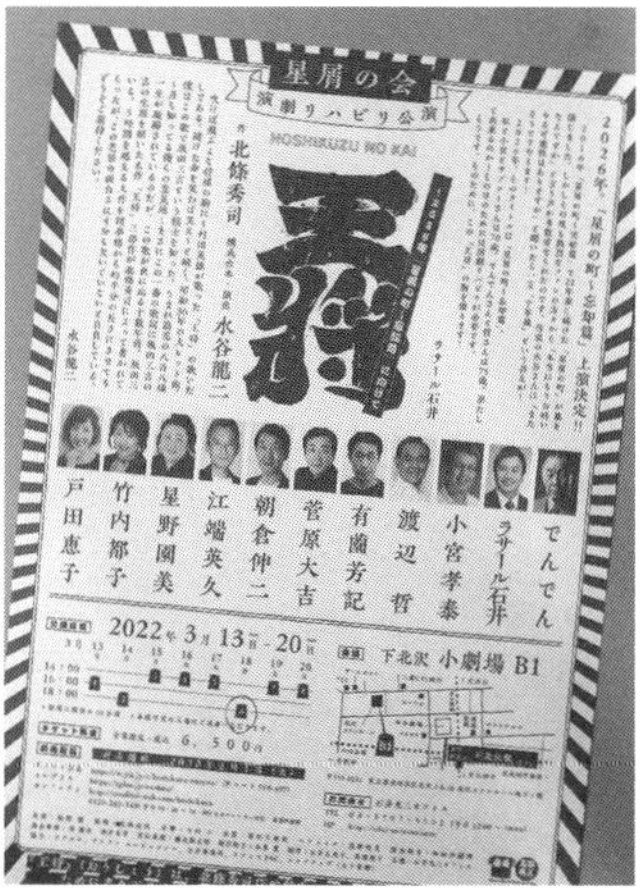

と五役。同人だけの小公演は他の役者を応援に呼ぶことはできず、狭いであろう楽屋は、重ね役を見破られない衣装やメイク替えでたいへんにちがいない。

その苦心がありありとわかる舞台を注視するうち、私は次第に気持ちが変わってきた。この会のことだから坂田三吉や将棋界をネタに、てんやわんやのどたばたと哀歓を予想していたが、幾年にもわたる長い年代記を追って余計な笑いは入れずに自分の役を忠実に演じ、パロディではない生真面目な上演なんだと気付いて座り直す。

三吉の娘を演じるわが戸田恵子の遅めの登場は、派手な振り袖で鏡台前に座って、すぐいなくなってしまうので、彩りだけと思っていたが、父三吉と二人になって「お父さんは勝たせてもらったのよ、本当の力じゃない。それを恥ずかしいと思ってください」と意見して三吉をくさらせる。やがて戦中はもんぺ姿で生活を支え、戦後は失意の父に今こそ将棋をと励ます。いつもは華やかで驕慢、いささかトウの立った大物歌手役の似合う美人戸田が、甲斐甲斐しいなにわ世話ものでとてもいい。

そうして見ているうち、正攻法に演じながらも、ひとつサービスしてしまう役者魂、どこか身に付いてしまった喜劇味が、この舞台をとても温かく濃密にしていることに気付いてきた。三吉を応援する幼なじみラサール、関西の大立者・渡辺哲、決して見捨てない菅原大吉。誰もがこの「リハビリ公演」の意図を理解し、目いっぱい演技し尽くす情熱がほとばしっていた。主役のでんでんは受け芝居に徹して完全に自分の持ち役とした。

換気休憩をはさんだ三時間。舞台が三吉の死を暗示して暗くなり、やがて明るくなって勢ぞろいした役者たちへの観客の大拍手はいつまでも途切れなかった。

彼らは何をしたのだろう。「リハビリ公演」はシャレと思っていたがそうではなかった。原点に戻り、セットもない裸舞台で自分の演技を鍛え直そうという意志がみなぎっていた。二〇二六年の『星屑の町〜忘却篇』が待ち遠しいが、「星屑の会」ユニットとしてのこういうアトリエ公演をもっと見たい。リハビリし過ぎはないですぞ。

上演を知ったのが遅く、最後のチケットを手に入れるのに苦労したが、ほんとうに見られてよかった。一人、雨傘をひろげて帰る夜道は充実していた。

俳優・加山雄三

銀座のタウン誌「銀座百点」の巻頭はいつも銀座に縁のある人の鼎談だ。二〇二二年九月号は「ぼくらの青春時代」として加山雄三が登場。相手の渡邉明治氏は加山の高校・大学同級生で銀座壹番館洋服店社長・銀座百店会理事長。三輪晃久氏は後輩で宝石専門店ミワ社長。同店は加山主演の映画・若大将シリーズ第九作「レッツゴー！若大将」で、マドンナ星由里子の勤める店としてロケされている。

学生時代の加山は茅ヶ崎の自宅から毎日一時間余をかけて日吉の慶應義塾高校に通い、三年間、全校ただ一人無遅刻・無欠勤で通し、慶應大学法学部政治学科に進学した。

加山　三輪くんとは、いまから四十年前に、母校の慶應義塾高校の学園祭に行って、ぼくが講演とライブをしたときに、三輪くんが生徒のファン代表として、ステージで一緒に『旅人よ』を歌ってからの長いつき合いだね。
三輪　はい、誠に光栄に存じます！　お二人の慶應義塾の後輩にあたります。
渡邊　加山くんとこうしてゆっくり会うのは三年ぶりかな。
加山　そうだね。会うたびに久しぶりという感じがするね。

互いに「くん」で呼び合うのがいい。慶應三田の学食や、加山の特大弁当からついたあだ名「ドカベン」。学生バンドを作っての演奏活動、俳優になった動機、芸名の由来など何でも飾らずざっくばらんな話しぶりは、遠慮のない同窓生とは良いもので、加山もこの小さなタウン誌の鼎談を喜んだのではないか。

一九三七（昭和一二）年生まれの加山雄三は今年八十五歳。私のイメージの第一は映画俳優だ。

渡邊　どうして俳優になったの？
加山　普通に就職するつもりだったんだけど、同級生に「お前には資産はないけど、暖簾がある。仕事で一旗揚げて船をつくればいい」っていわれたの。そのひとことで決心がついたね（笑）。それで東宝の専属俳優になって、『男対男』（一九六〇）でデビューしたの。

〝暖簾〟はスター俳優の両親（上原謙・小桜葉子）、〝船〟は自分の船を持ちたい夢だろう。その『男対男』は、大スター三船敏郎、池部良に囲まれながら、映画俳優色の全くない、もの怖じしない存在感はじつに新鮮だった。続く『銀座の恋人たち』は文字通り「ドカベン」を食べる端役の新人サラリーマン。『二人の息子』は一流企業に勤める兄・宝田明とタクシー運転手の弟・加山の葛藤を描いた秀作。『箱根山』は老舗旅館の跡取り息子で、ライバル旅館の星由里子と並んで夢を語る姿がよかった。

加山の個性を最も生かしたのが、出演第二作『独立愚連隊西へ』で早くも主演に抜擢した岡本喜八監督だ。『暗黒街の弾痕』『どぶ鼠作戦』『戦国野郎』などの西部劇的アクションは運動神経満点の加山の面目躍如。アラスカ帰りの若者が復讐をはたす『顔役暁に死す』は、昼間からスケスケのネグリジェで誘惑するマダム島崎雪子にどぎまぎするのがイイ。

『日本映画俳優全集　男優編』における映画評論家・福岡翼の記述〈この時期の彼の魅力は、端的に言ってそのおおらかさにあった。演技的には広がりも深みもなく、彼はただその最大の武器である若さと、スポーツで鍛えた伸び伸びとした肉体と、物に動じない真っ直ぐな気質とを、いわば日常の自分自身を、そのままスクリーンに置いているという感じで存在していた〉は当たっているが厳しすぎると感じ、それでもこれだけの魅力があれば文句なかろう、他の俳優でこれができるのかと思う。

そんな加山をじっと見ていた黒澤明は一九六二年『椿三十郎』で、豪放な浪人・三船敏郎に対する育ちのよい若侍で起用し、加山の地のままが時代劇に新鮮だった。「若大将」などで人気絶頂の加山の個性を生かしながら、映画の役として巧みに生かしたのが、他ならぬ女性を描く名匠・成瀬巳喜男の『乱れる』（一九六四）だ。前述の福岡も好意的に詳述している通り〈未亡人となった嫂・高峰秀子をひそかに恋する弟〉の加山はいつもの屈託ない役柄ながら「ああ、こういう使い方があるんだ、これは新境地だ」と感じたのを憶えている。終盤近く、実家に帰る汽車に乗る高峰を追って離れて座る加山の眼は、それまでおよそなかった突き詰めた男の純真があり、あらためていい俳優だと感じ入った。

翌年黒澤は「そろそろ加山を映画俳優として鍛えよう」とばかりに『赤ひげ』で、何もかも完璧な赤ひげ医師・三船敏郎に鍛えられる良家の息子に起用。三船は見守り役で、医者などになる気のない若者の成長を描く物語は、加山自身の像に重なり、必死に応えた成果で、俳優としてひとまわり大きくなった。

しかし東宝は演技者としてよりも、本人地のままの人気の路線を続けた。

十七本続いた「若大将シリーズ」は、老舗すきやき屋の息子の大学生でスポーツも歌も万能、女性にモテモテながら礼儀正しく、マドンナ・星由里子とすれ違いを経ながら、最後の競技大会で大活躍して結ばれるワンパターン。ギターを持って歌うシーンをお約束に若者風俗を取り入れて、私もいくつかを見たが映画としては凡庸で、交替で担当する監督もおよそ気合いが入っていない。水泳、スキー、ボクシング、マラソン、ヨット、サッカー、アメフト、フェンシングなどスポーツを変え、南太平洋やスイス、リオなど多彩にロケしながら、本人は飽き飽きしていたのではないか。

一九六七年、加山も熱望し、成瀬巳喜男から再び声のかかった『乱れ雲』は全くちがった。貿易会社勤務の加山は、不可避の自動車事故で通産省の役人を死なせてしまい、責任感の強さで断られながらも未亡人・司葉子に定期送金を続け、左遷させられた青森で、実家に帰っていた司と出会う。二人はいつしか気持ちを寄せ合うようになる。

赴任した青森の小さな歓迎会で、加山は心ならずも民謡手踊りなどやってみせるが、「あれが通産省の役人を轢いて左遷された男」の視線に耐えられず、そのまま別室でごろんと横になり、「どうしてこうなってしまったんだろう」と天井を見上げるまなざしには、単純な明朗陽気とは対極にある「純粋な生真面目さ」があり、これこそ真の加山雄三と思わせる。当時女優として美しく成熟し始めた司葉子とひとつ傘で歩く雨のシーンのすばらしさ。二枚目でありながら社会をわきまえた、大人のメロドラマを演じられる俳優に脱皮をはたし、今後を期待させた。

その後は若大将と並行させながら『豹《ジャガー》は走った』『狙撃』『薔薇の標的』で一匹狼の刑事や殺し屋をクールに演じて新生面を模索していたが主演はそこで途絶え、次第にスクリーンから遠ざかってゆく。この時期（一九七二）、テレビドラマに初出演した船橋聖一原作の『包丁』（ＮＨＫ）は寡黙な板前を演じたそうできっと似合っていただろう。まだ三十五歳だった。

文芸映画、時代劇、明朗軽喜劇、音楽映画、ミュージカル、サスペンス、あるいは「男はつらいよ」や「東映仁侠もの」にゲスト出演など、加山の唯一無二の個性を使った映画はいくらでも想像できたが残念だ。俳優加山を生かそうとしたプロデューサーはいなかったのか。

加山雄三の映画代表作は『乱れ雲』となった。

歌手・加山雄三

加山雄三は、自作曲を自分のギターで歌うシンガーソングライターだ。その簡単できれいな旋律はすぐ憶えられ、詞は平凡な言葉をすらすら並べるだけで心をつかんだ。大ヒットした「君といつまでも」（一九六五）は間奏に語りが入る。

幸せだなァ
僕は君といる時が一番幸せなんだ
僕は死ぬまで君を離さないぞ、
いいだろ

それまでの、惚れた腫れた捨てられたの歌謡曲とは全く異なり、後に同じシンガーソングライターとして現れた、社会に迎合しない姿勢のフォーク歌手・吉田拓郎や、私的感性でつくるニューミュージックの松任谷由実ともちがう素直なポピュラリティーは例がなく、学生時代にバンドを結成して横田基地の米軍クラブで演奏していたのは伊達ではない。明朗な加山は将校たちに好かれたと思う。

映画デビュー一九六〇年の翌年には初吹き込み。一九七六年、来日したビートルズを直接訪ねた数少ない日本人の一人で、宿泊した東京ヒルトンホテルの部屋で一緒にスキヤキを食べる写真が残っている。英語が達者でもの怖じしなく明るい加山は、すぐ友達になっただろう。

主演格の映画出演は四十歳ほどまでだったが、自分の曲だけを歌う歌手活動は途切れることがなかった。借金や事故など大きな不幸を経ても続き、クラシックの殿堂・東京文化会館初のポピュラー音楽公演も開いた。八十歳間近になっても、ザ・ワイルドワンズの加瀬邦彦の銀座のライブハウス「ケネディハウス銀座」に出演を請われ「友人の店だからノーギャラでいい」と言う加山に加瀬は困ったが「なら、ギャラはビールと焼鳥」として自分のバンドで無料定期出演し続けた。

しかし八十五歳を迎えて体調不良も続き、二〇二二年九月九日、東京国際フォーラムの「加山雄三ラストショー〝永遠の若大将〟」をもってラストステージと決めた。そこへ出かけた。

＊

有楽町・東京国際フォーラム最大のホールA・五〇一二席は完全満員。途切れない入場の列で配られる朝日新聞号外の体裁をとったちらしは「本日、若大将ラストショー　加山雄三さん、コンサート活動に終止符」の大見出しが踊り、中面は音楽界から八十名のアンケートオマージュが並ぶ。

満場の熱気あふれる中、定時よりやや遅れて幕の上がったステージ真ん中には、バンドを背に加山雄三が座っていた。短かな一言あって、やおらうなずくように歌い始めたのは「海　その愛」。

海に抱かれて　男ならば
たとえ破れても　もえる夢を持とう
海に抱かれて　男ならば
たとえ独りでも　星をよみながら
波の上を　行こう

客席隣の中年女性ははやくも目をうるませてハンカチを出している。私も全く意外なことに、どっと涙があふれてきた。予想もしなかった事態に自分であわてる。なんと雄大で希望にあふれる歌だろう。静かな曲調が高らかに転調したサビの「海よ俺の海よ　大きなその愛よ」は、大海原を一人ゆく姿がありありと浮かぶ。加山雄三ってこんなにすごい歌手だったのか！

歌い終えた怒濤の拍手に、加山もやや驚いたように次の言葉が出ない。

第一部は海がテーマ。途中の何気ない語り「子供の頃から海を目の前に育った自分は、戦時の食料難に貝をたくさん拾い佃煮を作ったら、親に褒められた」を聞いてハッとした。加山は戦争を知っている、而《しか》してこの前向きの明るさは自分で作っていったのかと。

第二部は「夜空の星」などヒット曲が続き、すべて名曲であるのに改めて気づく。「もう歳でステージはこれで最後ですが、こないだいろいろ整理していたら、昔、家で吹き込んだ曲のテープが山ほど出てきて聞くとこれがいいんだな。まだ歌詞がないのでいずれ発表します」と音楽活動は続けてゆく姿勢に大拍手。若大将シリーズに、自室でギターを弾きながら五線譜に書き、その通し演奏をテープで聴く場面はいつも出てきた。

終始座ってのステージの語りの滑舌はやや乱れても、ひとたび歌い始めた声は朗々とゆるぎなく、大勢を前にこの曲を歌うのは最後という満身の思いが伝わってくる。

アンコールもあって最後の言葉、「自分は幸せだった、そこにある幸せに気付くようにしよう、その幸せをほかの人にもあげよう」は本当に心にしみた。

かねがねラストステージもいつもと同じに淡々と語っており、「お嫁においで」「君といつまでも」などのアンコールもふくめてそのように進んだようで、もう本当の終わりだなと感じ始めた時、意外にも幕が上がって一人加山が立っていた。すでにマイクははずしたらしく何か言う声は聞こえないが、満面の笑みで手を振る姿に客は立って手を振り「若大将！」「まだやれるぞ！」の声が飛んだ。

すばらしいステージだった。

朝日新聞号外風ちらし

銀座に通う

教文館書店

わが街、銀座

一九六四年、十八歳になった三月に大学進学のため信州から上京し、下北沢でひとり暮らしを始めた。学生時代にいちばん通ったのはそこから近い新宿だ。六十年代の新宿は美術、演劇、映画、音楽、ハプニングなどアングラ文化の拠点として疾風怒濤の時代で、デザイナーを目指す若者には刺激に満ちていた。

一九六八年、二十二歳、資生堂宣伝部制作室に就職すると、銀座が毎日通勤する場所になった。異端に走る過激な若者の街・新宿と、正統的で上品な大人の街・銀座は全く対照的で、それまでとはちがう自分が作られてゆくのを実感し、以来一歩も他所には行かなくなった。

一九八九年、四十二歳、二十年勤めた資生堂を退社して麻布台に小さなデザイン事務所をもつと、銀座は意識的に出かけてゆく場所になった。勤務とはちがう新たな視線は街をさらに深く知ってゆく。上京からおよそ六十年、東京でいちばんよく知り、いちばん好きな街は銀座となった。

今も大した用はなくても行きたくなる。例えばランチ、昼めしだ。渋谷や新宿には行かないが銀座は行く。天気が晴れると銀座に出ようかとなる。

勤務時代から何十年も通い続け、好きな店も定まった。「銀座天國」の天丼、「銀座梅林」のカツ丼、「維新號」の中華、たとえばセロリそば、青海苔チャーハン、「煉瓦亭」のポークカツレツ、カキフライ、「三州屋」のアジフライ定食、昔は気軽に入れなかった「資生堂パーラー」のオムライスもたまの贅沢、コンソメスープもつけます。

決まった店があるのは迷わなくて済み、そこに座るだけで落ち着く。その一つが蕎麦屋「泰明庵」だ。

銀座表通りは大型ブランド店で占められ、銀座の古い風情を残すのは歌舞伎座裏・東銀座と、西銀座・数寄屋通りくらいになってしまった。数寄屋橋通り近くの泰明小学校前の小路に面して、格子引き戸に紺暖簾を下げるのは、今や銀座では考えられない町場の風情だ。

蕎麦屋ゆえ昼から夜までの通し営業。昼時は銀座界隈の勤め人、三時ころからは板前やバーテンダーなど夜仕事の人の腹ごしらえ、五時ともなれば飲む客で混んでくる。私は勤務時代は昼食ばかりだったが、フリーの今はもっぱら夕方からの長尻蕎麦屋酒。銀座は居酒屋の少ない街で、ここは教えたくない穴場だ。

蕎麦屋酒＝店の空いた午後ぶらりと寄って、蕎麦種で使うかまぼこか海苔で一杯やり、蕎麦をたぐってさっと帰る。それが銀座ならなお粋。そんな予想をぼう然とさせるのが壁を埋め尽くす品書き短冊群だ。

普通蕎麦屋は生ものは扱わないが、ここは鯛やすずき、まぐろなどその日の刺身を完備。すばらしきは天ぷら群で、海老、穴子、めごち、かれい、稚鮎、めひかり、舞茸、みょうが等々に、天ぷらの華・かき揚げは、芝海老、桜海老はもちろん、白魚やほたるいかは珍しく、これらは「ほたるいかかき揚げそば」にもなる。私は天ぷら好きだが居酒屋にそれはなく、といって天ぷら屋に行くと天ぷらしかない。ここではその「天ぷらで一杯」ができ、店の「何でも揚げてみせる」意欲が嬉しい。青ものも、いんげんひたし・ゴマ和え、根みつばひたし、にらひたし、水なす漬などたっぷり。気軽なだし巻玉子、鮟肝、生たらこ、きゅうり味噌、冷やしトマト等々も完備する。これだけの品揃えは居酒屋にもない。

では肝心の蕎麦はどうか。これがまた、鴨せいろ、鴨南、魚天そば、天とじそば、けんちん、あんかけ、天とじ、きつねとじ、肉南とじ、カツカレーそばなど種ものオンパレードで、最人気は「せりカレーそば（好みで根入り）」と聞けば、蕎麦は「もり」以外認めないなどと宣うストイック蕎麦通を気絶させるだろう。もちろん天丼、玉丼、カツ丼、親子丼、カレー丼なども万全、蕎麦・ミニ丼セット各種は大お徳用だ。

数々ある中で気に入りは「辛み大根おろしのみ・四八〇円」だ。私は蕎麦にうるさい信州育ちで、地元では名産地にもかかわらず薬味に山葵は使わず、辛み大根を使う。仲良しの女将にそう言うと「ねずみ大根でしょ」とちゃんと知っていてくれた。その大根おろしで一杯汲む、これこそ通の蕎麦屋酒。しかしここは蕎麦屋。混み合う中でちんたら飲むのは厳禁。そのときは二階に上がる。

「泰明庵」せりカレーそば

*

こう書いていたらまた行きたくなった。

「こんちは」「あら、今日はお昼に」

愛想のよい女将とはもう古い仲で、これがまた通い続ける理由。

「せりカレーそば、根入り」

「はい、こちらせりカレーのおそば、根入りで」

しばらく食べていないとそのために出かけたくなり、毎年暮れには年越し蕎麦として来る。秋田からの初芹は初夏だが今は一年中ある。

その熱々の湯気を上げる厚手の深丼よ。何よりも濃厚なとろみのおつゆがうまく、これぞ蕎麦屋出汁のカレーだ。青芹と薄茶ひげ根が香りと風味を加え、沈む蕎麦はひ弱な名人蕎麦などとはちがい、どうされても大丈夫な底力を持って、食べても食べても尽きないボリュームにしだいに汗がじんわりしてくる。

ああうまかった、完食。箸を置き、ぐーっと水を飲んで口を拭く。

泰明庵の創業主人は明治四五年新潟の生まれで、天ぷら「銀座天國」で修業ののち、戦後現在地に魚屋を始め、料亭などに納めていたが、仕出し弁当の評判が良く、それなら店でと「泰明庵」を始めた。今の女将は次女で、厨房は料理好きの弟があずかる。天ぷらをはじめ料理の腕は本物なのだ。

亡くなられた先代は漢詩を好み自作を店に掲示したりしていた。それを見た出入りの酒卸しの人が、白居易のこの詩が店にふさわしいと浄書を持ってきてくれ、気に入った父は額装して店に飾った。その方は書と柔道を愛する巨漢で「巨山」と号した。

村夜　唐　白居易
霜草蒼蒼蟲切切　村南村北行人絶
獨出門前望野田　月明蕎麥花如雪
為泰明庵　巨山

月明に雪のごとく蕎麦の花が白く浮かび上がる。その規矩《きく》正しい楷書の風格。やはりここは銀座の蕎麦屋だ。

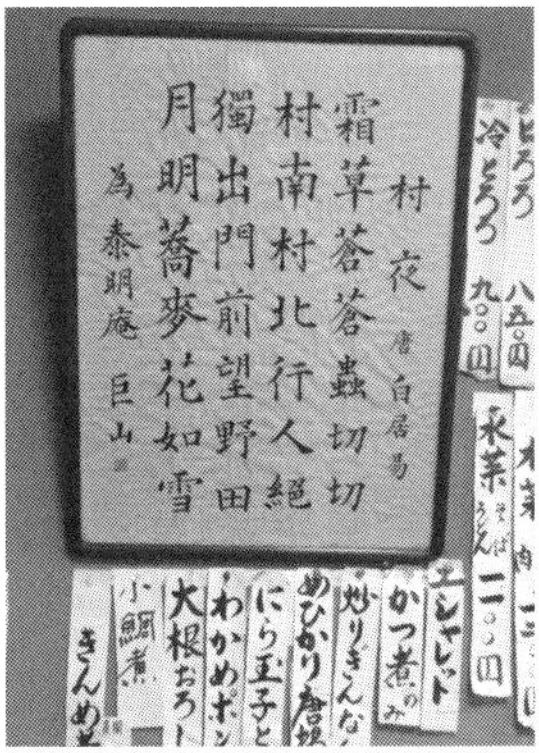

能楽堂の玉川奈々福

女流浪曲師・玉川奈々福さんの古くからのファンで、二〇一九年、花の銀座の六丁目にこけら落とししたばかりの銀座観世能楽堂で〈奈々福、独演。〜浪曲師、銀座でうなる、銀座がうなる〉を行うと聞いたときは一も二もなくかけつけ、格式高い舞台に立つのを応援に来た満員のファンを前に、緊張して舞台に現れた奈々福さんに、まず一発「待ってました！」のかけ声を送り、うれしそうにしていただいた。

能楽堂独演は翌二〇二〇年も予定したがコロナで延期、翌二一年に開催。その時は行けなかったが、二〇二二年の第三回は勇んで出かけた。奈々福さんをあちこちで聞いているが、銀座はやはり晴れがましさがちがい、そして私には「銀座で昼飯」の楽しみもある。てなわけで今回は四月二十九日・三十日の両演目に通うことに。

＊

ゴールデンウィーク初日の二十九日は夕刻六時の開演で、題して〈江戸に根を張れ、花実となれ！〉。

銀座観世能楽堂は京都の宮大工による本建築が、もと松坂屋の大きな「ギンザシックス」ビル地下三階に建ち、橋懸かりのつながる四角い舞台は客席に張り出すが、能以外の公演では角の柱一本ははずせるようになっている。

客席は満員。開始前「大型感染症予防のため舞台へのかけ声は固くお断りします」と会場アナウンス。そして奈々福師匠登場したが、シンと静まりかえってはずみがつかず、浪曲はやはり「待ってました！」「たっぷり！」の一声が場を一つにするんだと再認識。

挨拶あって最初の一席は「ソメイヨシノ縁起」。

江戸・染井の植木師親方は「松」の名人として一流庭園などを預かっていた。若い主人公は憧れて弟子入りして励んでいたが、あるとき薄物をかむった美貌の

銀座観世能楽堂の舞台

玉川奈々福師匠のテーブルかけがセットされる

「桜の精」に会い、すっかり心奪われる。「松」より一段格のおちる「桜」をやりたいという弟子を親方は破門する。しかし桜の名人に「あいつを頼む」とこっそり頭を下げにゆく。破門され背水の腹を決めた弟子は不眠不休、やがて名品「染井吉野」を生み……。

これは浪曲の新作一般公募から選ばれた作で、奈々福さんにより第一回のここで初演され、華やかな銀座にふさわしかった。その再演だ。

さまざまな声色をもつ奈々福師匠だが私が好きなのは、度胸貫録そなわった男の落ち着いた一言、ここでは松名人の親方だ。弟子の嘆願を黙って聞いていた親方は、その真情をみて「わかった、おまえは破門だ、もうここには来るな」と告げる。その科白の深さ。能舞台の正面は格の高い松を描くのが決まり。それを背に桜を持ってきた演目だったか。

終えて本日のゲスト・八代亜紀さん登場。熊本八代出身で幼い頃から浪曲好きの父のうなるのを聞いて育ち、中学卒業後バスガイドを経て、父の反対を押し切り単身十五歳で上京。銀座のクラブで歌いながら大歌手の道を目指した姿は「ソメイヨシノ縁起」にも通じ、終盤、八代さんが幼時に覚えていた浪曲をうなってみせると満場の拍手がわいた。

衣装を改めたトリは「梅ヶ谷江戸日記」。

大相撲の梅ヶ谷は連勝を続けているが、大阪出身ゆえ人気が出ず、勝たせてもらっているると言われるようになり、くさっていた。ある日両国橋で乞食を見、自分と同じように人に見捨てられたのだと思い大枚を施す。乞食は仲間の親方にそれを話すと、一同が礼を言いに稽古場に来た。梅ヶ谷が、江戸で人気の出ない自分は大阪に帰るつもりだともらすと、乞食の親方に「それでは負けだ、意地を見せてこそ本当の力士」と言われ、よし、もう一度やり直そうと誓った。本場所に応援に来た乞食団は勝った梅ヶ谷に拍手を送り、乞食支度を脱いだのは新門辰五郎の一家だった。晴れて横綱に昇進した凱旋の後に新門一家が華をそえていた。

黒の着物に着替えた奈々福師匠は端正に演じきった。

＊

翌日は午後一時開演。その前に楽しみな銀座ランチとしよう。地下鉄を出ると、外出自粛のあけた銀座の人波のすごいこと。土曜の歩行者天国に、皆さんお上りさんよろしく四丁目和光の前で記念写真を撮っている。

銀座の昼飯なら天丼。いつもは「銀座天國」だが、最近八丁目にできた「天ぷら阿部」の評判がよいので十一時半開店に合わせてエレベーターで三階に行くとすでに満員。あきらめて、なら久しぶりにカツ丼にするかと昔よく通った近くの「銀座梅林」に行くとここも行列。では近くの中華「維新號」で青海苔チャーハンと思ったが有名店のここも混雑が予想され、もたもたしていると開演に遅れる。ゴールデンウィークの銀座ランチに出てきた人はこんなにいたんだ。これはすぐ出る店にせねばと五丁目「ハゲ天」に急ぎ足。創業昭和三年の老舗ながら気楽なコの字カウンターで天丼は一〇〇〇円と安い。一席空いていてやれうれしやと早々にかっ込んで能楽堂へ。

本日のテーマは〈秘めたるこころ、あふれる思い〉。浪曲に欠かせない曲師は今日も沢村美舟。いつものコンビ大ベテラン沢村豊子師に入門し、若い美人が継いでいることがうれしく、私はファンになっていた。第一席は「松山鏡」。

土曜の銀座は人がいっぱい

越後の田舎、松山村の正助は墓参りを欠かさない正直者で、役人から「褒美をやるから欲しいものを申せ」と言われるが「ない」と答える。「何でもかなえてやる」と重ねられて答えたのは、「では十八年前に死んだ親父に会わせろ」。窮した役人は一計を案じ「父に会いたい時は一人でこれを見よ」と、そのころまだ誰も知らない「鏡」の入る箱を与えた。持ち帰った正助はある夜、箱を開けるとそこには正助とうり二つだった父の顔が。時々一人で箱を開ける正助をいぶかしく思った女房がこっそり開けると、そこには女がいて逆上し……。

松が描かれる能舞台正面は「鏡板」と言う。鏡つながりの演目だったか。

終えて本日のゲスト・毒蝮《どくまむし》三太夫さん登場。現在八十六歳になる三太夫も、まだはるかに若い奈々福師匠も、ともに芸に厳しく辛辣で知られる立川談志に知遇を得ていた逸話が興味深い。終了際に三太夫が「近ごろの芸人は口ばかりで、自分の鍛えた芸を持っていない。奈々福さんはそこがちがう」と拍手し、客席が賛同するのが良かった。

着物を改めてのトリはご存知「赤垣源蔵徳利の別れ」。江戸の冬の季節感描写に情感をこめ、今回の能楽堂独演は幕となったのでした。

銀座の華やかなショーウインドウも夏姿

昼めしはカツ丼

残暑もおさまってきて、半袖に風が気持ちよい。銀座に行ってみよう。

銀座八丁を南北に結ぶ銀座通りには、いま「資生堂創業150年」のフラッグが連なっている。同社に二十年勤めた私には、銀座の街がわが社を祝ってくれているようで誇らしい。資生堂パーラーのある花椿通りは、紅白の椿の花に「G」をあしらった「銀座花椿通り」のフラッグだ。

一八七二（明治五）年、銀座で創業した資生堂は、今は汐留の大きなビルに本社機能を移したが、並木通りの旧本社は資生堂銀座ビルとして続いている。私が入社した一九六八年は、ちょうど旧本社ビルが新築落成した年で、入社式で社長から「君たちはいい年に入社した」と言われた。

そのビルは並木通りに面して左右およそ六メートルの一枚ガラスのウィンドウディスプレイフロアを設けた。高度成長期の資生堂はそこで企業イメージを表現する、ま

（左）「資生堂創業150年」のフラッグ。（右）「銀座花椿通り」のフラッグ

ったく斬新な立体ディスプレイデザインを次々に制作した。大きな白い立体の真ん中に真っ赤な口紅がただ一本立つのはみごとな象徴、動きと照明を取り入れた作品は、夜の静かな並木通りに鮮やかな存在となってわざわざ見に来る人がいた。それらは今までにないアート表現として注目されて数々の賞に輝き、記録した書『Shiseido Window Art 100 1963~1993』（求龍堂）の帯には「銀座が見える。音が見える。時代の美が見える。資生堂のウィンドウ・アート」と誇らしげで、まさに日本の宣伝文化をリードした黄金時代だった。

この旧ビルも今のビルに建て替わるとウインドゥもなくなってしまった。あるにはあるが広報か銀座紹介くらいの小さなスペースだ。それでも銀座に行くたびに見ている。

今は創業一五〇年に合わせて、資生堂最初期の象徴的商品で今もある「オイデルミン」を、時代の変遷に合わせて展示。東京朝日新聞・明治四〇年の新聞広告コピーは〈高等化粧水オイデルミン　本品は貴婦人令嬢方の御賞用を蒙りつゝある高等化粧料

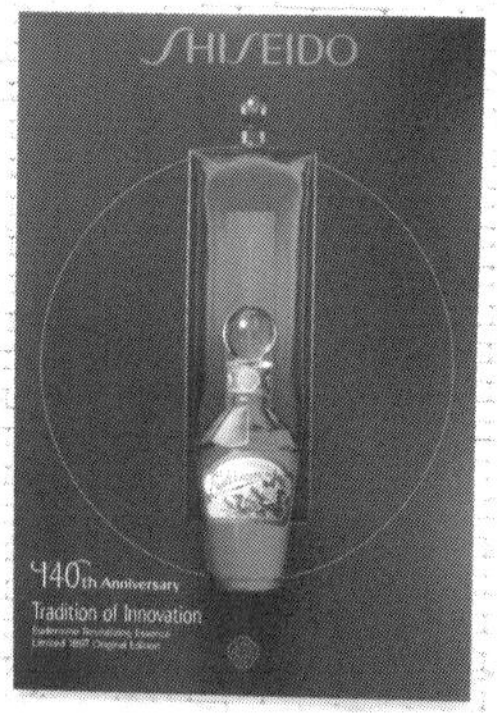

創業140年のときのポスター

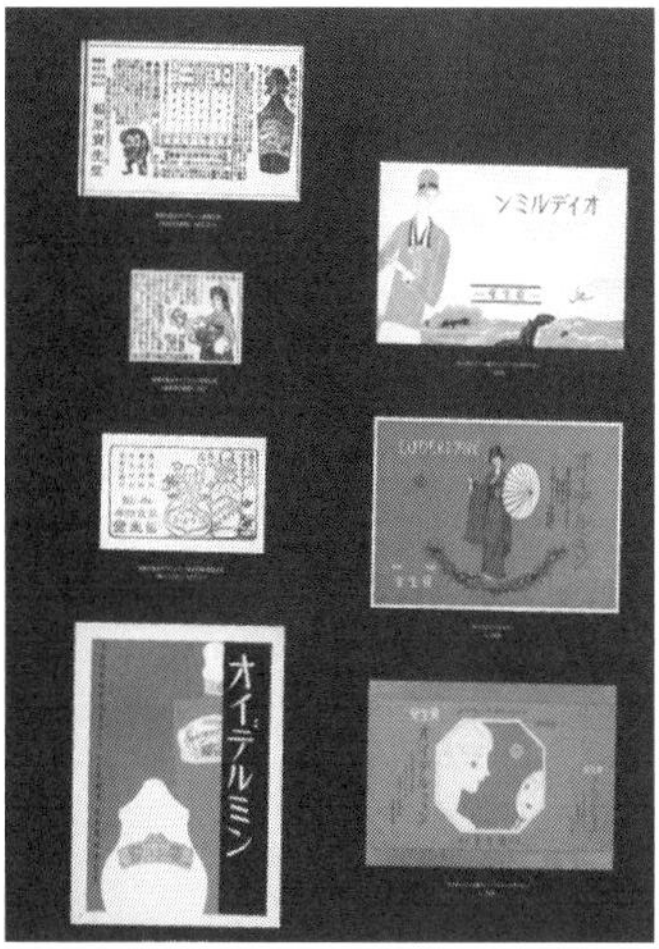

明治四〇年の新聞広告

「オイデルミン」商品レプリカ

なり　本品を常に御用ひ賜わば皮膚を艶美滑澤《うつくしくなめらか》ならしめ……〉と続く。創業一四〇年に作ったポスターも展示されていた。

　次に向かったのは銀座通りの書店、教文館。銀座の書店はとても減ってしまったが、四丁目「和光」並びのここは超一等地で書店を守り、一般書のほかにキリスト教関係書や児童書専門「ナルニア国」も信頼高い。私の新著『日本居酒屋遺産　東日本編』のために出版社トゥーヴァージンズ社からここあての色紙を頼まれていて、使われているかなと見にきた。

　狭い入口からすぐ右手に、おお！　なんと棚一面を上から下まで使って

「太田和彦新刊『日本居酒屋遺産』一冊片手に、ぐいっと一杯」とボードして、今入手可能な私の全著作を並べてくれている!!　なんとありがたいことか。嬉しくて写真を一枚パチリ。いつまでもにんまりと見ていたが、店員さんにお礼を言うのもナンなので、後ろ髪を引かれつつ外へ。「やったー」と青空にこぶしを上げたい気分、教文館さん、ありがとうございます。

　ではうまいものを食おう。カツ丼だ。

銀座時代の昼飯でよく行ったのは「銀座梅林」のカツ丼だ。ここ数日それを思い出し、食べたくてたまらなくなっていた。七丁目花椿通り資生堂パーラーの並び。昔は外階段の二階だったと思うが今は地下。一本カウンターと机少しの店内は清潔そのもの。創業九十五年の老舗で、スペシャルカツ丼、ヒレカツ定食などいろいろあれど、通い慣れた通は一二〇〇円の「カツ丼」。

　待つことしばし、届いた丼は昔と変わらず、箸袋の「一龍齋貞丈師題　登録　珍豚美人（ちんとんしゃん）」も変わらない。

「教文館」のわが書棚

まず「赤だし」で口を湿らせ、隅の方からぱくり。

うまい、この味、平凡の良さ、注文を受けてすぐに揚げた熱々のトンカツに溶き卵がほどよく固まり、いっぱいの玉葱が甘みと香りをつけ、多くも少なくもない煮汁のしみたご飯に、沢庵二切れを惜しみ惜しみつまんで、あっという間に完食。

箸を置いて「ごちそうさま」と手を合わせたことでした。

「銀座梅林」のカツ丼

三州屋で同僚と一杯

資生堂に勤めていたときの先輩・後輩と三人で飲もうとなった。場所は銀座。会社がそこだったから、そこで。

会社のある並木通りの七丁目からそのまま北へ歩いた二丁目の居酒屋「三州屋銀座店」は、高級な銀座にあって大衆居酒屋の分を守るように脇路地奥の突き当たりにひっそりとあり、昔ながらのガラス木戸に「活魚一品料理　御食事　三州屋」の暖簾がほっとさせる。二階もあるわりあい大きな店で昼から夜まで休みなく、銀座住人の昼飯に、夕方から仕事開始の板前やバーテンダーの早飯、ついでにビール一本にも重宝された。ずらり並ぶ定食品書きの「アジフライ定食」を何度食べたことか。

そこに四時集合。入ってすぐ左に掲げる「白鶴」の美人画ポスターも変わらない。すでに客席はだいぶ埋まっている。

「おう久しぶり」「おう」

同じ宣伝部にながくいた男同士の挨拶はこんなもの。もちろん今は全員リタイアした七十代だ。まずは生ビールジョッキをんぐんぐんぐ。

「アジフライ、鶏豆腐」「そら豆揚げも、もらうか」

注文も慣れたもの。三州屋のすばらしきはおよそ居酒屋に考えられる肴がすべてある、一〇〇品ではきかない品書きの多さだ。飾り気はないがしっかり仕事された品は不動の信用で、鶏と豆腐と青野菜の「鶏豆腐」は最後のおつゆまで飲む看板人気だ。

銀座の大衆居酒屋は「銀座で飲んでいる」という気分を満足させ、人を連れてくると「おお、銀座にこんな店があったのか」と必ず喜ばれた。今の時間はリタイア夫婦や、はやく飲みたい独り者、また若い女性二人組もいて、注文を受けてお運びの女性三人も大忙しで、あまりお愛想はないがそこがいい。

七十代オヤジの定番話題、体調報

入口の美人画ポスターは今も変わらず

「銀座三州屋」の肴は「なんでもあり」がうれしい

告も終わると最近の資生堂情報。とうに退職したとはいえ愛社精神はいつまでも。

それぞれの入社した一九七〇年代は、戦後の新時代に合わせた宣伝施策、製品デザイン、グラフィック広告、本格化したテレビCM（スタートは白黒）、店舗デザインなどが経済復興にのって一斉に花開き、華やかな季節キャンペーンポスターは日本中の街をかざり、宣伝部は花形で各種広告賞の常連だった。

宣伝制作室のグラフィックデザイナーだった私は毎晩十一時ころまで残業、表現を追求したが、そのデザイナーのわがままを聞いて実現させてくれたのが宣伝管理課の、この二人だった。「あのときはすみませんでした」と今も頭が上がらない。

「キャンペーン室で残業してると八時ころやってきて、お疲れ、とタバコ一本すすめてくれるんだ、それが洋モクでさ」

「そうだっけ」

「あり難く頂いて一服すると、ところでカズさん、と注文が出るんだ」

「だったかなあ」

「そうなると断れなくて」

「ははははは」

私は二十年いて退社した。

「カズさんは、いい時やめたかもしれないよ」

「なんで？」

「それから会社の姿勢もずいぶん変わって」

私の知らない苦労話もしみじみと興味深い。黄金時代は、その時ではなく振り返って知るものと言う。私はそれと気付かず、新しい世界を求めて退社したのだっただか。

夕方になり店は完全満員になった。入口には待つ人も立ち、我々はそろそろ潮時だ。この人気は、コロナ禍でおさえられた気持ちを銀座で、かもしれない。
一人五〇〇〇円のワリカンで外へ。

資生堂のバーへはしご

銀座八丁を南北につなぐ広い表通りの銀座通りと平行する細い並木通りは、この二丁目あたりは薄暗く人通りもわずか。今ぽつぽつ歩いて向かっている四丁目方向は光が見え、暗いところから明るい方へ歩いて行くのはよい気持ちだ。その先に古巣の資生堂本社がある。

向かっているのは銀座通り八丁目の資生堂ビル十一階の「バーS」だ。二人は上着だが私は半袖ポロシャツ。まあ入れてくれるだろうが後尾にくっついていよう。

この時間には一階の洋菓子売り場はもう閉まり、脇のエレベーター前に黒服の案内係が立つ。その女性たちの一人はとりわけ美人で、それも同行二人は知っていて「今日はいないな」の目つきだ。

「十一階のバーSへ」

「かしこまりました」

うん、入れてくれたぞ。円形の階数表示ボタンを外から手を差し入れて押し「どうぞごゆっくり」と。このエレベーターが夢を見に天国に上がるようなやや暗い素敵な造りで、十一階でドアが開いた前にはやはり黒服の男女が手を前にして迎え、下と連携しているのだろう。ここでクロークにカバンを預け、振り向いた左がバーだ。

私が入社した五十年ほど前は、戦前からの銀座モダン建築のシンボル的存在だった資生堂会館ビルがまだ残っていたが、老朽化による建て替えをした時だった。新しいビルは日本建築界の巨匠・谷口吉郎の設計により優雅とモダニズムがみごとに結晶し、とりわけ客を迎えるエレベーターは、誰もがその前にしばしたたずみ、上階に期待を高めるシンボルとされ、新入社員の私は「美を大切にする会社だなあ」と心躍らせたのだった。

それも十数年前にまた建て替えとなった。当時の福原義春社長は芸術に造詣ふかい国際派で、スペインの建築家を指名。銀座はビルの高さ規制があり、その制限いっぱいに、銀座で最も高いビルとして完成したのは、それまでのアールデコ調とは全く異なる真っ赤な外壁に驚いたが、吹き抜けを多用した立体的な内部はじつにまた新鮮な優雅さで、「ウチの社長、やるなあ」と思った。最上階の十一階は、天井を二階分高

二階ぶんの天井高い「バーS」は大人のサロン

くとった頂上は燃える太陽のような赤いガラスシャンデリアを置き、さらに上は大きな天窓にして、夜空が望めるという大胆さ。そこに至る二方の壁は床から天井までつなぎ目のない全面ガラスで、よくこんな大きなガラスが作れて運べた、さらにそれを天井から覆う一枚カーテンがまた難題だったとも聞いた。銀座のバーときくと地下の狭い密室的居心地を想像するが、ここは全くちがうゆったりと天井高い大空間だ。

＊

中央にはコの字カウンター、まわりをソファの卓席が囲む。仕事中のメインバーテンダーの三谷さんが「久しぶりですね」という顔をしてくれてうれしい。フロアに男女の案内係が三人立つのもサロンの雰囲気だ。今日は三人、隅の小卓に案内され、黒服の男性が来てしゃがんだ。

「ぼくはジントニック」「ぼくも」「ぼくはウイスキー、ジョニーウォーカー黒のブラックアンドブラックを氷一個の水割りで」

へえ、そんなのがあるんだ。後輩の彼は、家ではこれか、焼酎のお湯割りが寝酒とか。私はいつもは三谷さんの前に座り、私の一杯が作られるのをじっと見ているのが楽しみだが離れたここからは見えない。待つ間に金色花椿マーク入りのティーカップでパーラーの「ポタージュスープ」が一杯出るのがお約束。これは定番の名品でゆったりした気持ちをつくる。

飲み終えるのを見計らって、黒服男性が盆で運んできた小ぶりのシャンパングラスを三つ、我々の前に置いた。「あれ、これ注文してないよ」。

なんとその返事は「今日はバーSの七周年記念日で、お客様にシャンパンを一杯サービスさせていただいております」

「おお！」これはいい時に来た。

最初ここはイタリアンレストラン「FARO SHISEIDO」（ファロ＝灯台）でバーはそのウエイティングバーだったが、全体の模様替えで「バーS」になったのだった。早速グラスを手に「七周年おめでとう」とバーテンダーに向けると、にっこりと頭を下げてくれる。では……。

あまり重くなく、やや甘みのある細かい泡がつねに立ち上り、軽快でいてどこか成熟した女性の気品を思わせる、これは旨いシャンパンだ、さすがだなあ。

しばし七周年談義。

「カズさんはいつから来てる？」

「おれは早いよ、内装を見たくてすぐ来た」

「どんな名前になるか楽しみだったが『S』とはなあ」

「ネーミングは仲條さん？」

「かなあ」

先輩で二〇二一年に亡くなられた仲條正義さんは、資生堂パーラーのグラフィックデザインをはじめ、雑誌「花椿」のアートディレクターを四十年も続けて資生堂イメージを確立した偉大なデザイナーだ。

世界の有名企業でレストランやバーもやっているところはあるだろうか。オリジナルカクテル「花椿」もある。男の世界的な密室バーとは全くちがう優雅なサロンバーは軽い食事もとれて女性を顧客とする会社にふさわしく、パーラーと同じ制服の女性社員のサービスに女性が安心して入れ、今日も女性客二人らがシャンパングラスを手に談笑、銀座を意識したお支度が素敵だ。

さて注文が全て到着。大ぶりグラスのジントニックを高く掲げてしばらく鑑賞、そして口に。

……うまいなあ。

バーの一杯目はジントニックと決め、数限りなく飲んだが、まちがいなくこれは日本一だ。いや世界一かもしれない。珍しいジンを使うでなく、変わったことは何もしていないのにこのおいしさは、つくる技術に尽きる。

厚切りライムの新鮮さとともに、基礎をしっかり支えるのが氷だ。製氷会社（銀座の多くは日本橋の中央冷凍）から届く石のように大きな四角いのを、自分のところでさらに凍らせ包丁で切ってゆく。その大ぶり一個はグラスに入れると完全透明で、手に取った重みでようやく中に氷があるのを実感し、ちっとも溶けてゆかず冷却にのみ奉仕する。

少し前に歌を聞いた、資生堂女性社員からシャンソン歌手になった人の話を出すと二人ともよく知っていて、歌も聴きに行ったそうだ。私の退職後の話で、そう続いていたのかと興味深い。

「こんど三人で行って、驚かせてやるか」

「ははは、飲みに誘うか」

手洗いに立ってもどる途中は、床

日本一のジントニック。もう飲んだ途中です

までのガラス窓から垂直に真下の通りが見え、音もなく車が流れ行くのは天国感を高める。うまい設計だなあ。

やがて男のお決まり、同僚美人女性社員の話になり、やっぱりあの人は人気だったんだと盛り上がる。最も美人と言われた人は大柄で仕事も厳しく、男性にもぽんぽん意見して怖がられながらも、とりまく男どもが大勢いた。

「カズさんも好きだったの？」

「好きさ〜」

「デートは？」

「ももも、申し込もうと思ったが言えなかった」

「今なら？」

「言える、したい！」

いい会社だったなあ。

さあて七十代男三人、そろそろ仕上がりか。

外に出た銀座は人通りも減り、ビルの谷間に月が上がる。

じゃあな……。それぞれ、東、西、南（私）に別れ、歩き出したのでした。

銀座の念願を果たす

いつからか「天丼」が大好物になった。

天ぷら屋は天ぷらばかり続き、目の前で揚げてさあすぐ食べろと、ペースが向こう任せで次第に飽きてくる。「塩でどうぞ」と余計なことも言う。天ぷらは天つゆに浸してこそ完成で、ご飯によく合う。したがって天丼。ウチは天丼なんかやりませんという高級天ぷら屋もあるけれど大間違いですぞ。天ぷら盛り合わせ・ご飯・赤だしの「天ぷら定食」もダメ。あくまでおいしいつゆがほどよくしみたご飯あってこそ。

定番は海老、穴子、ミニかき揚げあたりで、時季の鱚が出ると嬉しい。脇役は茄子、シシトウ、蓮根など。野暮なかぼちゃやさつまいもは場所をとるだけで格が下がる。

家庭天ぷらは、人参と牛蒡の精進揚げがベストでイカ天もおいしいが、天丼には使わず、粋であることを尊ぶ。関西の天ぷらはどこか自信がない感じで、やはりこれは江戸前。迷いなくカラリと揚がった衣がその現れだ。

東京ではまず浅草が本場、そして日本橋。そちら方面に出かけると、さあ今日は天丼と胸がはずむ。天種は似たり寄ったり、やっていることは同じでも店によって特徴があり、浅草ならば天保八年（一八三七）創業の「三定」は天丼発祥と言われる模範的なきれいな天丼。創業明治二〇年の「大黒屋」はごま油でこんがり揚がったのを天つゆに浸してご飯にのせて力強い。明治三五年創業「天藤」は揚げ具合の香りがすばらしく、私の色紙もあります。

いろいろ行脚して、つまるところ値段がよければ期待してよいという結論となった。しかし一〇〇〇円の学生天丼でも、三〇〇〇円の高級でもどちらも好きだ。

私の通うのは「銀座天國」だ。創業明治十八年。始まりは屋台。その後の銀座通り八丁目角の店は風格があり、昭和十年作、笠松紫浪の新版画「雨の新橋」はその古い店舗を正面から描いた名作だ。

作家・池波正太郎はここの「かきあげ丼」を、俳優・三橋達也はスタンダードな「天丼」を好んだという。私は七丁目の資生堂勤務時代は敷居高く感じていたが、今や行きつけとなった。決まりの注文は昼だけの「お昼天丼」一五〇〇円。海老三尾・イカかき揚げ・野菜二点。あちこちで食べているからこの良心的格安がよくわかる。一瞬だけ蒸す、蓋付き丼で届き、蓋を取った瞬間立ち上がる湯気と香りがいい。

一方、いつかはこれを食べてみたいと念願しているのが「天國特製かき揚丼」三九六〇円だ。丼ひとつで三九六〇円ですぞ。以前、お昼天丼をいただいていると、隣に座られた若旦那にそれが届き、へえこうなんだと見ていたら、じろりと睨まれて恥をかいたことがあった。天ぷら好きに言わせると江戸っ子の好む天ぷらは、あれこれ言わず「かき揚げ」に尽きるとか。ならばなお。

よし、男一匹、いつかはこれに挑もう、あと何年生きられるかわからない。

そしてその日が来た（おおげさです）。

東に二筋移転した新店はすっきりと上品な構え。一人の私はいつものカウンターへ。ここは仕事が見える。

「かき揚げ丼お願いします」

「かしこまりました」

広い厨房に白衣の五、六人が働く。天種をそろえる人、衣をまわす人、揚げる人、ごはんを盛る人、つゆをかける人、全体を見ている人。主役は巨大ガス台にすっぽり抱かれてやや向こう側に傾け置かれた直径六十センチもあるアカ（銅）の深

「銀座天國」の特性かき揚げ丼・三九六〇円。これぞ御馳走

い揚げ鍋だ。かき揚げの種はくずれぬよう端からそっと流し入れられ、じゅーじゅーと揚げ音をさせながらじっと動かさない。頃合いで揚げ台に置かれたのをたっぷりのつゆに一回くぐらせ、丼のご飯に乗せ、上蓋をかぶせて到着した。

その蓋を取る期待感よ。かき揚げの種は海老と貝柱でかなり大きく、しっかり揚がった衣は固めながら、いくつもある海老はやわらかな風味と香りを残して対照的だ。海老を食べたり茄子を食べたりと選ばずに、じっと一種をゆっくりと食べ続ける、これぞ純粋天丼の感を深くした。

昼時を過ぎても客足は絶えず、これを注文の方も多い。店内には旧店舗の鬼瓦、レジには新版画「雨の新橋」が飾られる。

「ごちそうさま、おいしかったです」

「ありがとうございます」

若女将がにっこりしてくれる。大満足でありました。

銀座よい街、これからも通い続けよう。

笠松紫浪「雨の新橋」

あちこち訪ねて

のんべい横丁

幸せを生んだ昭和の家

昭和時代は一九二六年から一九八九年までの六十四年間。戦前が二十年、戦後が四十四年。私の生まれは昭和二一年で、昭和が終わった年には四十三歳。生後から中年までの人生は昭和とともにあった。

敗戦直後の生まれはどん底からのスタートだ。衣食住、教育、病院、何もかもが不足していた。唯一の娯楽であるラジオは夕方の淋しい頃、戦争で行方不明になった身寄りを探す「尋ね人」という時間があり、「○○県出身の△△さんを探しています」と言うアナウンサーの声をはっきり覚えている。戦争で親も家もなくして浮浪児となった子供は保護施設に収容された。その施設を描いたラジオドラマ「鐘の鳴る丘」を熱心に聞き、自分もそうなっていたかもしれない、親も家もある自分は幸せだと思わなければいけないと心を引き締めた。

私の家は貧しかったが、日本中がそうであるから当たり前で、逆にほんのたまに新調の服で学校に行くと級友から冷やかされ、むしろぼろ着のままでいたかった。食卓にのぼる品は貧しく少なく、食べ物を残すということは考えられなかった。母はもっと良いもの、栄養のあるものを子供たちに食べさせてやりたいという気持ちがつねにあっただろう。

父は幼い子ども三人をかかえた日々を身を粉にして働いていた。勤めを終えるとまっすぐ家に帰り、着物に着替える。夕食は父が帰るまで決して始められず、家族全員が揃ってから始まった。小さなちゃぶ台を囲み、母の心づくしの晩酌の一杯が二杯三杯になるころ父は「どうだ学校は」と子供たちの様子を聞いた。

子供が家を手伝うのは当たり前のことだった。私の仕事は風呂焚きだ。水道がないから川の溜め水をバケツで運ぶことから始まり、何十往復もしてようやく一杯になると焚きつけだ。湿った薪はよく燃えず、まず小枝、そして中枝とコツをおぼえ、火吹き竹と団扇をあやつった。寒い信州の水はなかなか温まらず四時間くらいかかった。村に銭湯はなく、どこの家もそうだった。わが家に風呂が登場するまでは近所にもらい風呂で、更湯に入るのは気がひけ、そちらの家族が入り終えた頃を見計らってうかがい手早くすませ、礼を言って帰った。

世の中にはクリスマスというものがあり、サンタクロースを信じていたわけではなかったが、子供は何かプレゼントがもらえる日とは知っていても自分に結びつけたことはなかった。ある年の十二月二十五日、目がさめると枕元にクリスマスプレゼントが置いてあり、包みを開けるとピカピカの文房具だ。すぐに「父ちゃんありがとう」と駆け寄ると「サンタが持ってきたんだ」とにっこり笑い、母も笑った。その新品文房具はしばらく使わず、毎番枕元に置いて寝た。そうするとあの朝の感激がもう一度味わえた。

そうして育った、そうして大人になった。昭和が去ってすでに二十六年、私もよい歳になり、貧しくても一家が結束して生きてきたあの時代が懐かしくてたまらない。

＊

大田区の「昭和のくらし博物館」は、戦後の昭和二六年に政府の住宅金融公庫の融資を使って建てられた最初期の住宅・小泉家を、建物も家具調度もそのままに保存している。建築設計士の父は敷地もせまく建築資材も不足するなか、自ら図面を引き、夫婦と四人の娘の生活の家を作った。玄関戸を開けたすぐ左は、角窓二方からの採光が明るい場所に机椅子を置いた父の書斎で、簡単な接客もそこでできた。

二階の畳敷き四畳半は子供たちの部屋。棚の美空ひばり、松島トモ子、小鳩くるみのブロマイド写真が娘らしい。水色に塗られた木造手製のおもちゃ洋服簞笥とベッドは父が子供たちに作ったもので、ベッドには、こちらは母手製らしい小さなお布団がかかり、寝ている裸のキューピーちゃんは自分だろう。これを宝物と言わずに何と言おう。

一階の茶の間は丸いちゃぶ台にその頃の食事が再現され、茶簞笥の上は黒電話とラジオが鎮座。柱には手紙を入れる状差し。釜や鍋の並ぶせまい台所は工夫され、床下は瓶などの収納だ。廊下には足踏みミシンや針仕事の道具。昔の子供服は母の手作りだった。

親子が勢ぞろいした温かそうな春の縁側、親戚一同が集まった正月の子供たちの嬉しそうな晴れ着、成長して娘らしくなった姉妹たち。あちこちに飾った白黒家族写真の笑顔を見ているうちに涙がわいてきた。ここには幸福がある、ここは幸せを生んだ家だ。

丁寧に案内してくれたのは三女の紀子さんだ。買い求めた本『昭和のくらし博物館』(河出書房新社)の著者は長女で館長の和子さん。姉妹は今も育った家を守っている。和子は私の母と同じ名前だ。私はその一字をいただいて「和彦」と名づけられた。「昭和」にも「和」がある。私はまぎれもない昭和の子だ。

「昭和のくらし博物館」では、ちゃぶ台の上に当時の食卓が再現されている

庭園は江戸文化の華

風薫る初夏、江戸の風を浴びに庭園を訪ねてみよう。

駒込の「六義園」は、元禄一三（一七〇〇）年頃、柳沢吉保が築園した、池をめぐる路を歩きながら移り変わる景色を楽しむ大規模な「回遊式築山泉水庭」だ。

文芸に造詣の深かった吉保は、紀州和歌浦や、万葉集、古今集から選んだ八十八景を庭に写し出し、中国の「詩の六義＝賦・比・興・風・雅・頌」にならった「和歌の六体＝そえ歌・かぞえ歌・なずらえ歌・たとえ歌・ただごと歌・いわい歌」から「六義園」と名づけた。

門を一歩くぐると、緑、緑、緑。湿り気をおびた青苔から、若葉あふれる灌木、天を仰ぐ巨樹までまさに新緑浴そのものに、思わず手を上げて深呼吸する。踏みしめる小砂利は足裏にここちよく、曲がり分かれる小径は、さてどちらに行こうかと迷うのもおもしろい。

池に浮かぶ「中の島」の「妹山《いものやま》・背山《せやま》」は、紀州和歌浦の「妹背山」にならう。「妹」は女、「背」は男。『妹背山婦女庭訓』は浄瑠璃の名曲。解説板の歌は色っぽい。

いもせ山中に生たる玉ざゝの一夜のへだてさもぞ露けき

その先の「芦辺」解説に山部赤人が紀州和歌浦の芦辺を詠んだ歌が載る。

若の浦に潮満ちくれば潟をなみ葦辺をさして鶴《たづ》鳴き渡る

隣は平たい巨石を二枚つないだ「渡月橋」で名は赤人歌の本歌取りからつけられた。

和歌のうら芦辺の田鶴の鳴声に夜わたる月の影ぞさびしき

さらに「出汐湊」の解説にも、

和歌の浦に月の出汐のさすままによるなくたづのこゑぞさびしき

「浦」「月」「鶴」、同巧であれど詠みたくなるのだろう。

みごとに手入れされた広大な青芝、広々とした泉池、浮かぶ蓬莱島、灌木一本まで形を整えた植え込み、要所を引き締める岩、見上げる高さの石の春日灯籠、悠々と亭や茶屋が点在する庭は雄大だ。

奥まった「蛛道《さゝがにのみち》」は六義園八十八境八十七。

わがせこが来べきよひなりささがにの蜘蛛のふるまいかねてしるしも

蜘蛛の糸が細くとも切れないように、和歌の道が永遠に続くことを祈って「蛛道」

と命名された。歌を詠んだ衣通姫《そとおりひめ》は日本書紀に「美しさがその衣を通して輝く」と描かれる。裏山道のこのあたりは自然のままを残して里山を歩くようだ。小高い築山上の「つつじ茶屋」は、なかなか太いものがないという躑躅《つつじ》材で作られ、いかにも硬そうにくねくねと曲がる柱が風流をかもし出す。

渡月橋の対岸に至り最も眺望が開けた。眼前の庭園先にビルが一つも見えなく青空ばかりが広がるのは、都心において奇跡的に贅沢な眺めではないだろうか。和歌の教養に裏打ちされた武家の気品に満ちた大名庭園だった。

＊

電車を乗り継いだ東向島の「向島百花園」は、江戸の町人文化の最も栄えた文化文政期の始めごろ（一八〇四〜）、日本橋の骨董商・佐原鞠塢《きくう》が交遊のあった文人墨客の協力で開園した。治世の安定したこの頃は大名も町人も園芸ブームで、「寛永の椿」「元禄の躑躅」「化政の朝顔」の流行を生ん

「六義園」の池から「妹背山」の方を臨む

だ。百花園開園ころの変化朝顔は珍花奇葉が投機の対象になり、下谷の植木行商の声が響き、花の名所は庶民の行楽の場となった。
「春夏秋冬花不断」「東西南北客争来」とある簡素な葦簀《よしず》門をくぐると、大名庭園とはちがう町人庭園のおもむきだ。さほど広くはない敷地の真ん中に泉水はあるものの、あまり造園設計などないまま花灌木をどんどん植えていってこうなったという気楽さがいい。地面には無雑作に縄で囲んだ「春の七草」「秋の七草」緑葉に紫のきれいなムラサキセンダイハギは歌舞伎の伊達騒動『伽羅《めいぼく》仙台萩』に名が残る。

園内にはあちこちに俳句石碑が目立つ。これもあまり計画性のないまま、奇岩を競うようにどんどん増やしていった風がいい。

春もややけしきととのう月と梅　芭蕉
鳥の名の都となりぬ梅やしき　益賀
おりたらん草の錦や花やしき　柘植《つげ》黙翁
こんにゃくのさしみも些《すこ》しうめの花　芭蕉

紫の由かりやすみれ江戸生れ　井上和紫
黄昏や又ひとり行く雪の人　雪中庵梅年
うつくしきものは月日ぞ年の花　寳屋《たからや》月彦
水や空あかり持あう夜の秋　北元居士《こじ》
花暮ぬ我も帰りを急《いそご》うずる　矢田恵哉

大名庭園には和歌が、町人庭園には俳句が似合う。私の好きな江戸〜明治の画家「月岡芳年翁之碑」（建之明治三一年）があるのはうれしく、その冒頭は「絵畫は寫生を以て本道とし……」と読める。

また私を驚かせたのは「芝金顕彰碑」（芝金は、初代を文政期に始まり今も六代目に続く歌沢節の名跡）の「梁川榎本武揚君篆額」だ。江戸生まれ、幕末に五稜郭にたてこもり、維新後は公使としてロシアと交渉にあたった英傑が、没する十年前の明治三一年に艶っぽい端唄名跡の碑文題字をみごとな篆書《てんしょ》で書いていたとは。

まわり終え、入口近くの茶屋でいただく甘酒がおいしい。六義園は江戸元禄期、向島百花園は文化文政期。いずれも安定した平和が続いた時代に、大名は大名らしい、町人は町人らしい庭を造った。平和な時代は名庭園を作る。破壊するのは戦争だ。江戸文化の華ひらいた庭園を訪ねてゆける今の平和をありがたいと思った。

骨董市を歩く

旅をすると、その町の古道具屋をのぞくのが楽しみになった。骨董古美術商は敷居が高く、あくまで古道具屋。探すのはおもに酒器や皿で、文字通り埃をかぶっている二束三文だ。値段の上限は一つ二〇〇〇円までと決めているが、だいたい四～五〇〇円くらいが多い。何々焼のような陶器には興味がなく、印判や染付けの絵のある磁器。新品よりも、役目を終えて今ここに静かに埃をかぶるものを買い求めて再生させるのが好きだ。

盃には「小料理〇〇」とか「××楼」の名入り盃がよくあり、店使いしていたものが放出されたのだろう。この盃でどれだけの人が酒を酌んできたか。嬉しい酒も、その逆も、好きな女から受けた酌もあるだろう。その最終列に自分も加わる。そんな盃がいつのまにか五〇〇個ほどにもなり、ＮＨＫＴＶ・ＢＳプレミアム「美の壺」の「ほろ酔いの盃」編で披露したのが自慢だ。

新井薬師での戦利品は〆て四千円

＊

新井薬師骨董市は毎月第一日曜日の朝六時から始まる。今は午前九時。小砂利に石畳の通るほどよい広さの境内は、すでに思い思いの場所に露店が出ている。陳列はまことに簡単で、地面にブルーシートを敷いて品を並べ、上に日よけテントを張っておしまい。店番はアウトドア用の椅子で、だいたいは昼寝（朝寝？）中。始まった甲子園野球の実況を小型ラジオで聞く人もいて、なんとものんびりした雰囲気だ。

さあ見るぞ。思いつきで手を出さず、まずひとわたり見て目星をつけ、終えてピックアップ購入が私のやり方。

まずは皿や酒器。ふんふんこれね、これはよく見る、これは持ってる、これはちょっといいな。最近多いのは蕎麦猪口で冷や酒によい。印判は同じ絵柄でも濃淡で見栄えが違い、最もよい品を選ぶのが肝心、というか面白い。

およそ見当がついて後は専門外（?）を。地面に直置きした木箱には、こけし、ハーモニカ、子供の箸箱、孫の手、ナイフなどが雑然と。山を成す古い腕時計はマニアにはたまらないだろう。酒や飲み物のラベルをコレクションした一袋もある。木の根方にたてかけた、指差しの絵が入る〈すぐ北　うどんそば　酒有　大勉強　朝日屋〉のブリキ看板は誰が買うのだろう。私か？　英国エリザベス女王とフィリップ殿下の結婚記念肖像写真の八角缶は珍しい。ガラスケースに別格にならぶ素朴な西洋陶人形の説明は〈オキュパイドジャパン「占領下の日本」という意味です。そのうちの１９４７年～１９５２年、輸出品には「Made in Occupied」と入れることが義務づけられていました〉。愛らしい表情は一つほしいが二八〇〇円だ。

着物や帯など和装の露店は今人気なのかたいへん多く、若い女性が品定めに余念がない。紺無地着物の客女性の帯は、三ツ星サイダー、フルーツヨーグルト、清酒月の光などの王冠をちりばめたポップなもので、写真を撮らせていただいた。

ここはお薬師様。卒塔婆の建つ石塀に反物生地をかけ並べ、下の地面戸板に壺や小皿の眺めは、溝口健二の名作映画『雨月物語』の京の市の場面のようだ。樹上から聞こえる蟬しぐれの中、一人で来ている人が多く、帽子をかぶった中高年お父さんやロングスカートの女性がゆっくり見てまわっている。まだ暑くならない午前中の露天骨董市は色んな意味で「早起きは三文の徳」。これほどよい日曜散歩はない。

私の戦利品は、小盃、豆皿、小皿など〆て四〇〇〇円。買えなくてグヤジーは、子を背負った夫婦が山道を旅する絵柄の江戸期の染付け中皿七五〇〇円でした。

＊

門前仲町、富岡八幡宮の骨董市は毎週日曜（第三日曜日除く）。広い境内は伊万里など陶磁食器をはじめ、漆器、時代布、古民具、おもちゃ、時計、刀剣兜、アジア民具、観音仏像、金物、大工道具、氷配達がアラヨっと運ぶ手鉤にいたるまでありとあらゆる古物が並び、まさに「世の古物で売り物にならざるはなし」。まずは陶磁器、おっとあったあった。それは柳に飛びつく蛙を雨傘で見る小野道風の絵の染付け皿二〇〇〇円。こればかりは即決購入。

本殿右にも露店は伸び、モダンガールのイラストが入る「ジャズ娘小唄　娘十七八や」の楽譜がいい。二〇〇〇円。原節子の顔写真が三つも入る表紙の雑誌「新映画」

も二〇〇〇円。その隣の箱に目が引きつけられた。明治のころの刷りもの絵だ。〈湯島天神藝者及すゞみ〉は高台のガス灯脇で夕涼みする芸者と旦那。〈華族女學校玄関前の圖〉は紫のはかまに革靴の上流子女がにぎやかに登校する。〈新流行の服装其二蛍狩の圖〉は愛玩の狆《ちん》を抱いた娘が二人、団扇で蛍を追う子を見る夕闇がいい。

古物趣味も絵を買うようになると病膏肓《やまいこうこう》だ。一枚一〇〇〇円。ウーン……今しかない、一期一会、さまざまに言い聞かせしぼりだすように「これください」と言うと、にやにや見ていた店主がにっこり。「これはいいものですよ」の声が嬉しく、小さな盃を一個おまけしてくれた。

その先の一段高い木陰は露店に最上の場所のようだ。「ここ、いいですね」「そうなんだよ、鳥居ん所は工事するってんでこっちに移ったが、ここのがいいや、日陰でみんなじっくり見てくれるし」

じっくり見た分厚いアルバムは、京都舞妓や名勝を行く大原女などの白黒写真を人工着色した絵はがきコレクション。開いた間に、藁半紙に鉛筆書き女文字のメモがはさんである。

――しっとりと新芽持つ木はうるおへど肌には寒き春の雨かな

――音もなく木の間をぬうて猫の行く春とはいえど雨のつめたし

「こ、このアルバムはいくらですか？」「五十万円」

言下に答えられて返事できず。もしこれが本になって出版されたら買うだろう。うなだれて戻ると「太田さん」と声をかける人が。「渋谷の松濤はろうです」。神泉のなじみの居酒屋の若主人で、店で使う酒器をいつもここに買いに来るそうだ。私は今買った養老の滝の絵の徳利を見せた。

「これいいですね！　まだありましたか？」「なーいよ」

早いもの勝ちと鼻高々。彼の袋いっぱいの戦利品はいずれ店で見ることにしよう。

横丁の魅力

横丁は、道幅せまく、自動車が入ってこないことが条件。そうであれば酔った千鳥足も心配なく、かくして「飲ん兵衛横丁」が生まれる。高級な店は似合わない。軒を連ねる赤提灯がお似合いだ。

渋谷を通過する山手線の窓から線路沿いに見える、その名も「のんべい横丁」は長い棟割り長屋二棟のすべてが酒場。夕闇の線路際に紅白提灯が緑の柳をぽおっと照らす光景は理想の酒場横丁だ。戦後の渋谷は恋文横丁や第一栄楽街など横丁の町だったそうで、東大駒場や慶應の学生、サラリーマン、医者、先生、つまりカタギ客が多く、無頼派文化人の横丁「新宿ゴールデン街」とちがうのは、渋谷は山の手住宅地の井の頭線や東横線のターミナル駅ゆえだろう。

のんべい横丁は戦後昭和二十六年に渋谷の屋台が組合を作って開いた。焼鳥好きに実力を知られる「鳥福」はそのとき参加した最古参。額の先代主人の写真は東急文化寄席の帰りに寄った講談師匠・一龍斎貞丈が撮ったもの。書額〈花意竹情　呈鳥福村山茂兄　鳩山威一郎〉は謹厳に花押も入る。

組合長を務める二代目・村山茂さんは、東日本大震災で釜石名物の「呑ん兵衛横丁」がすべて流されたというニュースに、同じ名前の横丁として援助をしたいと釜石市を訪ね、帰京後、横丁全店に声をかけて義援金箱を設置。集まった客の浄財を、振込先がないので持参。市職員立ち会いで渡し、その後、第二次も持参した。二〇一一年十二月の釜石呑ん兵衛横丁再開には渋谷のんべい横丁の名で全店にご祝儀の花を贈り、花も地元の花屋に依頼。さらに村山さんは本業の仕入れ先を通して「生卵を最低でも五〇〇個送りたい」と調達したのはプロの発想だ。横丁同士は仲良くなり、今は「渋谷が困ったときは助けて」と笑い合うという。

横丁の人情ここにあり。飲ん兵衛が横丁に来るのは酒のためだけではない、人の情にふれたいからだ。子供の町となってしまった渋谷にのんべい横丁が健在なのは、大人の情がわかる場所だからだ。

＊

横丁好きの私が日暮里「初音小路」を見つけた時は嬉しかった。今日はじっくり探索してみよう。

日暮里駅西口から下御隠殿橋を渡って御殿坂を上り、右手に本行寺を見る通りは古い東京の風情がいい。維新上野戦争の痕跡が残る経王寺の前を朝倉彫塑館に向かう脇道のすぐ左が「初音小路」。勘亭流文字のゲート左隣の小さな中華料理「一力」は〈本日のメニュー　ラーメン　ギョーザ〉の札がでる二品のみだが、貼られた雑誌記事は〈開店四十年の、散策の疲れを癒す名店〉とある。右隣の象牙美術「若菜」は酒&コーヒーの明るい店。向かいの小ぎれいな「フーズ　アサヒヤ」は鶏そぼろ丼、メンチカツ丼、穴子丼など〈本日の丼〉がそろい、どこも下町の気さくさがいい。

初音小路は幅二メートルほどに、同じ間口の二階家が向かい合い、懐かしい木組みのままの半透明屋根が下を明るくする。入ってすぐ左の「都せんべい」はガラス鉢が並び〈自分で焼くせんべい〉が人気だ。

以下両側に、居酒屋よしもと、季節料理たむら、小料理京子、小料理はな、季節料理鈴木、カラオケ酒場桃、ワインバーC'EST QUI？は関さんか。開店準備中の「アサネ酒場」はカウンター七席のみで常連が多く、新規来店は二名までとか。やきとり鳥真はすでになじみさんらしきが席を埋めている。

〈初めての方、女性の方お気軽にどうぞ！〉と笑顔の人形を置く「居酒屋みち」、な

谷中・初音小路は夜になると良い風情に。手前にあるのが「谷中の雀」

どの店も玄関は趣向を凝らし、小路も店内の延長として使い、「沖縄家庭料理あさと」は外の机にシーサーなど沖縄人形や花を飾る。袋小路は全体が一つの家で、それぞれの店は各部屋といった雰囲気。ファンが多いという道にすわる猫二匹に、今日も女性二人がしゃがんで撫でる脇を氷配達がアラヨっと運んでゆく。

どんづまりまで行くと袋小路と思いきや、ほんの六十センチ幅の抜け道が家の裏や塀の間を折れ曲がって続き、だいぶ奥まで進んで抜け切ると、御殿坂上の広い通りの「谷中せんべい」脇だった。なるほどこうなっていたか。途中に隠れるように小さなホテル「愛」。隣は布草履や籐籠の和雑貨。その隣のアンティーク雑貨「neuf《ヌフ》」は西洋小物・人形・模型・カップ・灰皿・ブリキ缶など女主人が手塩にかけて集めたものらしく、すらすらと説明してくれる。水色ホーローの蓋付き缶は砂糖入れで、欲しくなり値段をきくと「これは案外高いの、何千円もするわよ」とはっきり言わないのは、売りたくないようだ。

向かいにカーブする立派な煉瓦塀は、終戦後に総理大臣を務めた片山哲の屋敷という。学校帰りの近所の小学生が「ただいまー」と声をかけてゆく店を大いに気に入ったが、そろそろ予約した時間だ。

初音小路の一番奥。入口まわりに打ち水、瓢簞型の提灯、手桶に野花、左に朝顔鉢、白暖簾が清々しい「江戸料理　谷中の雀」は一度入りたいと思っていた。暖簾をくぐるとすぐ三畳ほどの上がり小間に大机一つは、六人入ればいっぱいだ。奥の台所から白衣の主人が顔を出した。

「太田さん、あんときゃすみませんでした」

「ん？」

なんでも一年ほど前、私がテレビ番組で小路を着流しで歩く撮影をしていると、この二階から「なにやってんのー」と声をかけたという。「すいませんタメ口きいて」と頭をかくがこちらは憶えていない。そんなこと黙っていればいいのに一年もたって口に出すのは下町っ子だ。

初音小路は終戦後の闇市露店が集まって、はじめは食品や衣料など生活物資だったが今は飲食店ばかりになった。

ここは元「小料理加代」で、縁あって今の主人が建物を継ぐことになり、高齢で施設に入られた加代さんは店に帰りたいといつも言っていたので二階の袖看板はそのままにしておいた。その後亡くなられたが、看板を「だからと言ってはずすのも」と残しているのはうるわしい。谷中に合わせて店は江戸好みにすると決め、池波正太郎『鬼平犯科帳』に登場する料理屋「五鉄」の軍鶏鍋をメインにした。

「谷中の雀」の店主・石井洋二さんと

小さな部屋は細桟の障子や古い茶箪笥が江戸の粋。ざるに盛られた盃は、舞扇や宝舟、秋の花などの派手な九谷や渋い藍染めなど。りりしい白鉢巻の「忠臣蔵」討ち入り姿の「武林唯七」は、金地の歌舞伎好みが華麗でコレクターの私はため息が出る。

「みんな一〇〇〇円、二〇〇〇円のばっかですよ」

自慢しないのがさらに下町っ子。壁に貼った本のコピーは池波が『真田太平記』執筆にあたり、信州上田を訪ねたときの一節だ。

「池波がお好きなんですね」

「いや、私の出身が上田なもんで」

「え！　オレ隣の松本」

「え！　じゃ高校は深志？」

「そう」

主人の奥様の母の姉は深志高校の前身・旧制松本中学の校長の奥様だったそうで縁を感じる。笑い合った互いは同じ歳と知ってさらに意気投合。

「今日は食べてもらいますよ」と用意された軍鶏鍋がうまかったのは言うまでもない。

通い続ける横丁がまたひとつ増えた。

大建築を見る・迎賓館赤坂離宮

一九六四年に上京してあちこち東京を見ていた中で、心底驚嘆したのが赤坂離宮だ。優雅な鉄柵から見る広大な前庭の奥の左右対称の壮麗な建物は、パリかウィーンかと思わせ、「裁判官弾劾裁判所」の看板だけがふさわしくなかった。

鹿鳴館などを手がけた建築家ジョサイア・コンドルの一番弟子で宮内省の宮廷建築家・片山東熊《とうくま》が、仏ベルサイユ宮殿、英バッキンガム宮殿を参考に、東宮御所（皇太子の住居）として心血をそそいで設計したネオ・バロック様式の建物は、明治天皇から「華美に過ぎる」と言われ、自ら謹慎したというエピソードも知った。

あまり使われないまま、戦後、皇室から国に移管。国会図書館など民間にも開放された。タイトルは忘れたが、戦後も落ち着いてきた頃のある映画で、恋人同士がここの中庭で会う場面があり、中はこうなのか、映画ロケに使えたのかと目を見張ったことがあった。一九七四年に国の賓客をもてなす迎賓館になってからは、私など一般人が入ることなど一生あるまいと思っていたがその機会が来た。

＊

まずは「彩鸞《さいらん》の間」。入るなり「おお!」と声を上げたまま立ちすくんだ。七メートル余りの高い天井と壁がカーブでつながる大広間のすべてが白と金。豪華なシャンデリア三基が室内を輝かす。向かい合う十枚の大鏡は無限連続をおこして広大な部屋をさらに広く見せ、ウィーンなどで豪華な宮殿をいくつも見たが、そこに立つようだ。

当間の装飾はナポレオン時代に流行した「アンピール(帝政)」様式というそうで、モチーフは軍事色が多く、刀剣や西洋の軍隊兜に、左右にライオンを従えて日本の鎧甲冑一式も主張する。翼のある馬・ペガサスなど空想の動物たち。半人半獣のスフインクスはエジプト遠征したナポレオンの事跡によるか。部屋名の由来、架空の鳥「鸞《らん》」は暖炉に立体で留まり、雄大にひろげた両翼、長い首の頭には宝冠のように三つの玉がある。

そのすべてが金色塗装ではない純「金箔」だ。「金」はやはり豪華。置かれた深紅の椅子。表敬の賓客をまず迎える控の間として華やかさはこのうえない。透かし装飾の円窓は空調窓で、明治四二年にしてすでにこの設備が組み込まれたそうだ。持参の

（上）外観。（下）羽衣の間。三基のシャンデリアは七千個の部品からなる

小型双眼鏡で装飾細部を観察していると興味は尽きないが、次の間へ。

「花鳥の間」は一転して落ち着いた茶褐色の木の内装で、木組みを額縁にフランス人画家による油絵やゴブラン織で埋められ、日本の七宝による花鳥画が連続する。十六世紀フランスのルネッサンス「アンリ二世様式」とあるが、西洋様式建築の基本は石で、木の内装はなく、もしあっても塗装するだろう。この木目を生かした木肌は「木の国・日本」を表したかったのではないか。扉上の半裸女神も木彫だ。当間は公式晩餐会用で、机に正餐用食器一式も展示される。

謡曲「羽衣」にちなむ「羽衣の間」は、中二階にオーケストラボックスを設けた舞踏会の部屋で、バイオリン、ラッパ、太鼓、コントラバス、ハープ、日本の琵琶など楽器モチーフの装飾が楽しい。ここで催された、オーストリア共和国大統領夫妻を招いたウィーン・フィルハーモニー五重奏団演奏会の写真の、上皇上皇后両陛下のリラックスされた様子がとてもよい。美智子様は上品な薄藤色のお着物姿。音楽は平和の象徴だ。

部屋から部屋に移動する廊下の白一色の装飾、照明なども目が離せない。迎賓館は二階建てで公用室はすべて二階にあり、正面玄関を入ると赤絨毯の階段を上がって大ホールとなる。イタリア、ギリシャ、日本などの大理石を駆使した壁、手すりの装飾灯、大鏡など、迎賓館で最も贅を凝らした場所だ。大きな柄模様が華麗な紫大理石のエンタシス丸柱の柱頭は吹き上げるようなコリント式で黄金に光り、これほど見事な柱は見たことがない。

「朝日の間」に入る両側の大作油絵に注目した。左は「絵画」、右は「音楽」として未来の芸術家をめざす若者の群像の作者は小磯良平。西洋画法をマスターしたアカデミックな人物画でこの人の右に出る画家はなく、古いと思われた建物に新しい絵があるのがうれしい。建物は保存遺産ではなく現役で使われ、改良されているのだ。若者たちがデッサンに励んでいる「絵画」は私の若い頃と重なり、じっと見入った。

朝日を浴びた女神が白馬の四頭立て馬車を走らせる大天井画による「朝日の間」は公賓のサロンで、アカンサス葉、月桂樹、コリント式列柱など、一八世紀末ルイ一六世時の厳格なフランス古典様式が見ごたえがある。

「彩鸞の間」の華麗、「花鳥の間」の重厚、「羽衣の間」の典雅、「朝日の間」の格調。見どころは、ヨーロッパ爛熟《らんじゅく》期の建築様式に忍び込ませた日本のモチーフだった。

＊

館内を出て中庭にまわると大きな噴水だ。真ん中の高い盃台に向け四方八方、取り囲む池の水中からも盛大に水を噴き上げ放射している。盃台基壇には、大翼を背負い片脚を盾にかけた想像上の獣のブロンズが四方を固めて目を剝き、さらに縁まわりには亀がいくつもちょこんと乗るのがいい。この噴水は国宝なのだそうだ。大噴水をシンボリックに置いた迎賓館庭園は優雅に散歩する雰囲気がある。

最後に建物全体の正面にまわった。左右一二五メートルの雄大な建物は白灰色一色に金と緑が色を添える。正面玄関上ファサードには皇室の菊のご紋章、建物両翼上の青銅の大球に金の星をちりばめ、黄金の鷲が四方をにらむモニュメントは、副紋の五七の桐。玄関の屋根には、武人である明治天皇の威光を示す、阿吽でそびえる巨大な青銅の大鎧甲冑が鎮座して日本の宮殿であることを強調する。

離れて見ると、堅牢な石造りの建物に、今そこにいた二階の間の灯が温かい。この温かな平和が迎賓館の価値であることをねがった。

大建築を見る・聖徳記念絵画館

青山通りから脇に入る、長さ三〇〇メートルの銀杏並木は東京で最も美しい場所と言えるだろう。初夏の若葉、真夏の緑、秋は黄金色、冬の落葉は金色の絨毯となる。四列の並木は手前から植栽日をずらし、奥に行くほど少しずつ背を低くして求心性を強調してある。その正面が重要文化財「聖徳記念絵画館」だ。明治天皇の住まいに建てた東宮御所（現迎賓館赤坂離宮）の雄大華麗に比べ、中央正面に丸いドームを置いた左右両翼。花崗岩を積み上げた灰色一色の外観は品格神聖といえるが、明治天皇の遺徳を伝える絵画を展示する建物だからだ。

大正八年起工、七年を費やして十五年竣工。その間大正一二年の関東大震災時は工事を中断し、建築足場で敷地内に病院、浴場、公営市場などを造って罹災者六四〇〇人を収容したのは、遺徳に奉じるという建物の趣旨にかなえたのだろう。

正面大石段を上がった四角いホールは直線を主体に構成。並ぶ灰色大理石柱の垂直

「聖徳記念絵画館」の中央ドームの高さは地上三・二メートル

に導かれるように見上げる二十七メートル上は一転して、四方を回廊風に囲んで直径十五メートルの白一色円形ドームを椀を伏せたように乗せる。四つ開けた天窓から差す自然の光はおのずと聖性を醸しだす。

ホールは直線直角、天井は包容する曲線と明快に分けた設計は、同時代のウィーンでおきた新建築様式「セセッション」と共通し、私のいちばん好きな建築様式だ。「鎮魂と遺徳」を旨として、生命感のある植物などの華美な彫刻は置かず、連続模様、控えめなアクセント金鋲、要所の紋章レリーフなどの抽象装飾は永遠性を高め、人工着彩の全くない天然石と白石膏だけの色合いがさらに禁欲性を表す。華美を慎みながらもほとばしる、設計者・施工者の祈りのような意識の高さ。崇高と装飾、古典とモダンの調和はすばらしい。

見どころは、ここだけは少し彩りをと考えたような青、茶、赤などの大理石を駆使した床だ。そのすべてが岡山、山口、愛媛、群馬、福島などの国産天然大理石。赤坂離宮はイタリアなどの輸入大理石で造られ、その方が安価だったが、こちらは日本産を意識し、各地の大理石を調べることから始めたそうだ。

世に「石好き」はいて私もその一人。様々な大理石の色合いや柄模様を見るのは楽しみだ。それとなく探しているのはアンモナイトの化石で、案の定、地階に行く階段室に〈約三億年前、古生代の化石〉と小さく表示されて渦巻型が見えた。

館の主役は明治天皇の一生を描いた絵画だ。両翼全長一一二メートルの展示室のかまぼこ型ヴォールト天井は自然採光だ。美術館多しといえどもすべての作品を自然光のみで見せるところは聞いたことがなく、正確に東西軸に沿うため一日中光が保たれる。学芸員の方のおすすめは午前中、夕方はちょっと暗くなりますと苦笑された。

並ぶのは縦三メートル、横二・七メートルに定められた、明治天皇の「御降誕」から「大葬」までを描いた日本画四十点、洋画四十点。動員された当時第一線の画家は七十六名。全八十題がそろった昭和一一年の完成式ではそろって自作の前に立ち、閑院宮殿下ほか各界要人を迎えた。胸中には誇りがあったことだろう。

その絵は、決められた場面を正確な考証で説明的に描き、登場人物は顔が似ることが必要だ。自分独自の主題や画風を最も大切にするはずの画家が、それを全く排し、ただ画力のみに専心した絵は、個性云々とは全く異なる魅力がある。

それぞれには場面や登場人物の詳細な解説、画家名、奉納者がつく。日清日露戦争などの派手な題材よりも、例えば四十四番「兌換《だかん》制度御治定（貨幣制度の改良）」画家・松岡寿は、質素な一室の書斎机に立つ明治天皇に、大蔵卿・松方正義、右大臣・岩倉具視、太政大臣・三条実美が制度を講進する場面が日常を伝えて面白く、奉納者・日本銀行もむべなるか。天皇はつねに画に登場するわけではなく、十三番「江戸開城談判（江戸城開け渡しの会談）」（画家・結城素明）は、刀を脇に置いて一室に対峙する西郷隆盛と勝海舟で、奉納者・侯爵西郷吉之助・伯爵勝精は末裔であろう。私の最も好きな画家・鏑木清方は美人画の第一人者らしく、北陸ご巡幸中の皇后陛下を描いた四十番「初雁の御歌」だ。全八十点のうち、じっくり見とれたのは、四十七番「岩倉邸行幸（岩倉具視を病床にお見舞い）」と、三十二番「皇后宮田植御覧」だ。どのような絵かはぜひご自分の目で確かめていただきたい。

これだけの建物と絵画がわずか五〇〇円で見られるのは（文化財維持のためにも）安すぎると思うが、だからこそ何度も訪ねられるとも言える。じっさい私は独身時代にながく近所に住み幾度も入った。美術で歴史を歩く豊かな時間。ここは繰り返し訪ねて楽しむ美術館だ。

並木道をふくむ絵画館周辺は東京で最も品と風格のある景観だ。その背景に高層ビルの計画があると聞くが、ちっぽけな経済効率が文化的景観を破壊してよいわけがない。隣に建設中のオリンピックに向けた国立競技場も大いに気になる。世界の一流都市はどこも古い名建築を守って都市の風格としている。東京が一流都市であるためには、これ以上景観を壊してはならない。

レコードを聴く

最近レコード人気が復活し、ソニーがプレスを再開したそうだ。私も音楽はレコード派。若い頃からこつこつと買い集め、今も中古レコード店巡りを続けて一二〇〇枚くらいになった。

近ごろの音楽はイヤホンを耳に突っ込んで聴くものになり、スピーカーからの生音ではなくなった。音楽の本来は目の前で音が鳴るものではなかったか。また最近はダウンロードと言うのか配信で聴くものらしく、私には意味不明で、演奏者や曲目の詳細はわかるのだろうか。好きな音源を手元に置かないで音楽好きと言えるだろうか。

薄い溝を針がトレースして音を出す原始的なレコードは、その間は静かにしていないと針がとぶ。つまり何もせず「真剣に聴く」。その時ジャケット解説を読んだりする。そこがいい。夜、ひとりの時間に、さあ何を聴こうかなと盤を選び、ターンテーブルに乗せて針をおとすのは至福の時間で、私だけの演奏会が始まる。

ＣＤでも同じではないかと言われるとそうでもなく、デジタルは摩滅しないが、レコードはすり切れる。演奏が終わったら針を上げることを忘れてはならない。もちろん外に持ち歩くなどはできない。この面倒くささが「真剣に聴く」になる。

レコードを聴くプレーヤー、アンプ、スピーカーなどのオーディオ装置は場所をとり、また高級なシステムは何百万円は当たり前の世界で、ふつうの人にはとてもできない。したがって愛聴盤を最高の音質で聴きたい願いは、そういう機器をそろえたレコード喫茶に行くことで叶えられる。ついでに書けば、ＣＤは大音量にしても聞こえる内容は同じで、音が大きいだけだが、レコードは「知らなかった音」が溝から無限に湧いてくる。それが最大の魅力だ。

＊

戦前に開店した横浜のジャズ喫茶「ちぐさ」はジャズファンの聖地だ。私ははるか五十年も前に一度入った。移った新店にも、かつてあった、黄色地にしゃれたイラストの置看板「モダンジャズとＣＯＦＦＥＥ　ちぐさ」が路上に置かれて胸がいっぱいになった。これも健在の表示板〈ＭＪＬ〉は〈ＭＯＤＥＲＮ　ＪＡＺＺ　ＬＥＡＧＵＥ〉の略で、一九六〇年代に全盛だったジャズ喫茶のグループのこと。大学生の私は、

後ろのジャケットは私のリクエスト盤

田舎の高校時代から読んでいた雑誌「スイングジャーナル」のＭＪＬ共同広告を見て、下宿の下北沢に近い明大前の「マイルス」に入り浸り、ジャズを聴いていた。もちろん下宿にレコードなどなかった。

煉瓦貼りの新店は角地で窓が大きく明るいが、席はすべて正面の巨大なスピーカーボックスに向いて、ここは音楽を鑑賞する場所であることを堅持しているのがうれしい。かかっているのはマイルス・デイビスの「カインド・オブ・ブルー」。

いいなあ……。

聴き慣れたレコードだけど、口惜しいが音が全然ちがう。家で聴くよりもマイルスのトランペットはよく伸び、コルトレーンのサックスは艶がある。一関の有名なジャズ喫茶「ベイシー」は耳をつんざく強烈な音響で未聞の世界を開くが、ここの音質は中庸で、好きな盤をリラックスして聴く良さだ。木造店内も音を柔らかくしているのかもしれない。すべて専門家特注の演奏心臓部は、レコード盤より直径の大きいターンテーブルが二

「ジャズ喫茶ちぐさ」の大きなスピーカーの前で

台並ぶヨダレもの。すてきなお姉さんが、次の盤をさっと拭いて置く。店内で創業者・吉田衛さんを囲んで撮った、原信夫、秋吉敏子、日野皓正、谷啓、石橋エータローなどの面々がいい。世界の渡辺貞夫はじめ、皆ここで「真剣に聴いて」プロになったのだ。秋吉さんの笑顔のなんとすてきなことか。

今入って来た白髪の紳士客は、黄色ポロシャツに水色の軽いジャケット、半ズボンに革靴とおしゃれだ。リクエストができ、その分厚い台帳バインダー二冊はアーチスト順に並ぶ。せっかくだから何か聴こう。大好きなアート・ペッパーは四十三枚もある。選んだ「ミーツ・ザ・リズムセクション」が鳴りはじめ、とっぷりと音の世界にひたった。

＊

買うレコードはここ五年ほど、五〇～六〇年代のジャズボーカルばかりになった。中心は白人女性歌手。好きな歌手はコンプリートコレクションを目指し、おおよそは買い尽くし、今やまるで知らないのを買う。中古レコードの値上がりはすさまじく、京都で、美人ジャケットにひかれて大決断して買った四〇〇〇円もしたのはみごとにハズレだった。しかし「持っている」ことが大切。良いレコードにあたる確率は二十分の一。つまり五パーセントだが、それは生涯の愛聴盤になる。

高田馬場のジャズボーカル専門「カフェアンドバー・アルバート」は昔から名を知っていて、訪ねる日が来た。地下に下りた正面にフランク・シナトラの名盤「カム・フライ・ウィズ・ミー」のジャケットが飾られる。店名はもちろんシナトラの正式名「フランシス・アルバート・シナトラ」からだ。

バーカウンターのあるさほど広くない店内はアップライトピアノも置かれ、至るところシナトラ関係の写真やグッズがいっぱいだ。オーナーママの志穂澤留理さんはなんと十一歳の時からシナトラファンで、一九六二年にシナトラが初来日したとき、まだ子供なのに赤坂の高級クラブ「ミカド」のステージショーに連れて行けとねだって親を困らせた。初めて生を聴いたのは結婚して行った七四年の武道館公演。

「その時の印象は？」

「目が合ったと感じました」

ははあ……。その後、五度の日本公演はもちろん、ニューヨークやベガスのショーにも通い、蝶ネクタイステージ衣装のシナトラの腕に抱きつく写真も飾るというらやましい方だ。ボーカル専門店らしく、アーチストではなく曲別にパソコンに整理され、歌を学ぶ人が、その曲の色んな歌手の歌い方やアレンジを勉強してゆくそうだ。

高田馬場の「カフェアンドバー・アルバート」はフランク・シナトラと所縁のある店

試みに「アイ・シュッド・ケア」をリクエストするとたちまち三十三人の歌手が並んだ。そこからシナトラを選ぶとおなじみのあの声あの曲。

「シナトラの魅力は何ですか？」の質問にすらすらと答えた。
・粋でカッコいい
・声の中にすべての感情が入っている
・つらい歌も笑いながら、楽しい歌も哀愁がある
「全く同感です、シナトラを超える歌手は絶対に現れないし、必要もない」という私の感想ににっこり。

「ベスト盤は？」

「アイ・リメンバー・トミーでしょうか」

シナトラは三十枚ほど持っているが、ははあ、あれかと納得したのでした。

＊

二〇一四年に吉祥寺に開店したカフェ&ミュージック・バー「クアトロラボ」の経営元はパルコだそうで、若い層を意識したのかもしれない。外光がさんさんと入る高い天井、ハイカウンター、長いベンチシートの店内は、それまでの穴蔵閉鎖的なレコ

ード喫茶とちがい、明るいアメリカ西海岸の雰囲気だ。流れるのはきれいな声の女性フォークソングのギター弾き語り。

オーディオ装置はたいへん立派で、福生の専門職人に特注した大スピーカーボックスが君臨する間に青い光をともす三台のアンプはマニア垂涎のマッキントッシュ。その前の二連プレーヤーの盤を掛け替える時は大きなヘッドフォンで出だしの位置を定め、スムーズに次の盤に移る。その盤はジャズギター、グラント・グリーンの「フィーリン・ザ・スピリット」。夏の終わりの今ごろに私もよく聴くご機嫌なアルバム。音は粒立ちがよくクリーンだ。

スピーカー前の最上席で、おいしい焙りチキンのランチを済ませてコーヒーを味わいながら軽いサウンドに身をゆだねる心地よさ。向こうの半ズボンの男はギネス黒ビールで読書。膨大なレコードはさる音楽関係者のコレクションを譲り受けたという。

イヤホンで垂れ流し聴きの若い人に、手間のかかるレコード音楽が新鮮に感じるのならうれしい。そうです、音楽は「真剣に聴く」ものです。

名店のランチ寿司

寿司ほどおいしいものはないが一流店は値段が張る。よって、回転寿司かスーパーの寿司パックだが、こればっかりでもなあ。酢飯に刺身をのせただけのとはちがい、名店の本格江戸前寿司は寿司種に合わせた「仕事」がされているそうだ。

寿司屋に入ると、まず酒を頼み、何かつまみをおまかせで取って一杯やりながらそれを楽しみ、だいぶたってから「そろそろ握って」「はい何からいきましょう」と、ようやく握りになる。すでに腹はできているから、四、五種でお終いだ。

これは勿体ない。寿司屋では酒を控えてお茶にして、次々に握ってもらう。それも順番を考えて、ハイライトの小鰭、穴子はいつにするか念頭に置きつつ（おおげさです）白身あたりから始める。

付け台に置かれたら即、口に入れ、そしてお茶を含んで口をきれいにして次に備える。どんどん注文するので職人の動きはリズミカルになり、肩を揺すって楽しそうだ。最後にかんぴょう巻にすると、「はい、お茶さしかえ」と大きな声がとぶ。およそ三十分で終了だ。たまには「おまかせで、十貫くらい握ってください」という時もある。そして「トロとウニは抜きで」と付け加える。値段が高いからではなく（それもあるが）、寿司としてつまらないという気持ちがある。大好きな巻ものは鉄火巻とかんぴょう巻の両方をとる時もある。

以上、私の貧しい寿司体験です。

＊

とはいえ、もうよい歳になった、少しはぜいたくして名店の寿司をいただいてみたい。それには値段のわかっている昼の定食ランチ寿司がよいだろう。本格江戸前寿司なら日本橋界隈と見当をつけて出かけた。

東日本橋「鮨一條」の店内は外光も入って明るく、昼間にさくっと寿司を食べる気軽さに満ちている。しかし寿司は夜と変わらない本格。注文は〈昼のおまかせ・七貫・五〇〇〇円〉。初手の〈ひらめ〉を口に入れてすでに「ウーン……」と満足。続く〈こはだ〉はびくびくした酢洗いではなくしっかり酢〆がきく。〈すみいか〉こりこり甘味、〈中とろ〉艶麗、おおこれが出たかとうれしい〈煮はまぐり〉、大好き

「鮨一條」のカウンターは十席。由緒正しき江戸前寿司

な〈穴子〉はツメと塩で分けて出され、「塩」がこんなに穴子の味を引き立てるとは。〈玉子焼〉をはさんで仕上げは芝海老おぼろと山葵を抱かせた〈かんぴょう巻〉。最後にはまぐりで出汁をとったお吸い物が出て言うことなし。

主人・一條さんは若さの残る風貌ながら、人形町の老舗「六兵衛」で二十四年も勤めたベテラン。子供のころから寿司職人になると決め「学校の授業より寿司を手伝っていた」と苦笑いする。

カウンターのガラスケースには仕事をされた種が竹ざるに並んで華やかだ。今や高級店は注文を受けて木のネタ箱を取りだすところが多いが、実物が見えているからこそ「次はあれだな、それは何?」と目移りが楽しい。「そうなんですよ、(品を書いた)種板を見てもイメージわかないでしょ、目で楽しめるのが寿司の良さです」と明快に言うのがうれしい。貝好きの私はそのネタケースの青柳、小柱、みる貝、北寄貝《ホッキ》、赤貝、平貝に大いに未練を残したことでした。

同じ日本橋の「吉野鮨」は創業明治十二年、今の主人は五代目という老舗中の老舗だが、ランチ寿司は、一八〇〇円・二三〇〇円・二八〇〇円・三三〇〇円とお手ごろなのが嬉しい。では〈一〇貫と巻物・二八〇〇円〉を。こちらもカウンターに沿って長いネタケースが並ぶ。すいすいと握られたのは〈すみいか・中とろ・まぐろ赤身・かんぱち・こはだ・いくら・車えび・玉子焼・煮いか・穴子・かっぱ巻〉。昼は気軽に食べていただくようにカウンターも机席も同じ台盛りで出す。女性などが数人で来る時は向かい合う机席が落ち着くだろう。さて、目玉は〈車えび〉と〈煮いか〉、まずは〈かんぱち〉から行くか。

漫画家・サトウサンペイが描いた先代は着物にたすきがけ、前掛けで座っている。寿司は屋台から始まり、客は立ち、職人は座って握っていたそうだ。立派な伎芸天の絵と賛「俳優之技滅瞬間　工匠之技飾千載」は俳優・花沢徳衛の作。渋い名優がここをひいきにしていたとは嬉しい。「日本ばし吉野鮨本店」の小田原提灯が並ぶ歴史ある店に気軽に楽しめるランチ寿司があるのはありがたい。

人形町は戦前のままが残る貴重な昔町だ。かつて芸者置屋だった玄関先にシイの樹が枝を張り、屋根にのせた堂々たる舟板看板に金の切り文字「㐂寿司」が上がる総二階仕舞屋がすばらしい。玄関右大鉢の紅椿にアワビの殻が重なるのも寿司屋らしい。

店の中もからりと明るく、障子窓の細格子、丸竹をはさんだ腰板の艶、カウンターに並ぶ清潔な白カバーの椅子は、いかにも古風な江戸前寿司の風格が漂う。檜カウンター先に一段高い付け台は、漆塗りの漆黒が鏡のように光り、手前に赤い線を一本入れた立ち上がりには細かな螺鈿《らでん》が施され、黒絹の羽織の裏に粋を見せる江戸っ子のようだ。

「いらっしゃい」

大正十二年創業、背が高い四代目・油井一浩さんのにっこり笑った快活な迎えがうれしい。寿司名店巡りは、気難しそうな職人が立つのかと思っていたのはみごとにはずれ「寿司なんて気軽でいいんですよ」という雰囲気が共通していると気づいてきた。

ランチ寿司から選んだのは〈八種類巻物三切・五〇〇〇円〉。

最初の〈明石のたい〉は握った上に煮切りを一刷毛、酢橘《すだち》を一滴。それを口にした時の至福は今でもありありと残る。旨いなんてものじゃない、ここには宇宙がある

（とまで思った）。しまあじ、まぐろ赤身、すみいか、ほたてと一つ一つに世界があり、次いで付け台に置かれた〈こはだ〉の、種を斜に握った粋な姿は、弁天小僧菊之助の小股の切れた啖呵のようだ。ここでしょっぱいたまり漬けを一かじりして気持ちを改め、最後の大物〈穴子〉は重厚な幡随院長兵衛の貫録。甘い〈玉子焼〉鞍掛はデザート、そしてすっきりと〈かっぱ巻〉で舞台は幕に。

「おいしかったです」と思わず下げた頭に「ありがとうございます」とからからと笑いながら洗う太い手指に色気がある。

寿司とはただ旨いだけのグルメではない、いろいろな役者の舞台を楽しむ所だ。その味忘れ難く、翌日再びランチをいただきに。そのとき四代目から「日本橋の一條さんは、若い修業時代からよく飲んだ仲良し」と嬉しい話を聞いた。

＊

付け台を間に職人と一対一の握りはいささか緊張するが、重箱に盛り込んだちらし寿司はぐっと気楽になる。その〈ばらちらし〉の元祖「銀座ほかけ」へ。

「いらっしゃいませ」

丁寧に迎えてくれたのは三代目親方の娘さん。今まで行脚した三店が男の世界だっただけに、いっぺんになごやかな雰囲気に。娘さんがまだ子供のときの雛祭に、父が丸い塗り桶飯台にいろいろな寿司種を散らし載せて出してくれた。それが今や看板になったというエピソードがいい。ばらちらしは愛娘の雛祭りを祝う親心から生まれたのだ。その女の子は今やとびきりの美人になって客を迎えている。

古くから銀座三越裏で続いた店を東銀座に移すと、ばらちらしはすぐ近くの歌舞伎座への出前や、幕間に食べに来るのに重宝され、ぐっと注文が増えたそうだ。玄関控えには平山郁夫画伯の月に駱駝の絵、書額「壺の酒は天まで噴く　秋の清水さあ飲んでくれ　遙かな友よ」は詩人・大岡信。女の顔に賛「乾坤一双」の絵は一目で棟方志功とわかり、かつて座敷に盆を運んで来た女性に「ちょっと座って」とさらさらと描いたものとか。いかにも客筋の良さがわかる。

さて老練八十歳親方（当時）の〈ばらちらし・六〇〇〇円〉。かんぴょう・きざみのり・車えびおぼろ・玉子焼・えび・こはだ・こだい・はまぐり・ほたて・穴子・もろきゅう・つめ・しいたけ・かまぼこが散らされた、まさに百花満開だった。

名店ランチ寿司巡りはとても良かった。なにごとも一歩から。顔がつながっているうちに裏を返そう。

演芸を楽しむ

○月×日　浅草には寄席「浅草演芸ホール」と浪曲定席「木馬亭」がある。浪曲はなじみがなかったが、すすめられて行った木馬亭で玉川奈々福さんの舞台を見てすっかりファンになってしまった。

冒頭解題から一転、声艶ゆたかな名調子、唸るこぶし、切れる啖呵、人物描写、表情変化、地声で笑いをとる「けれん」。音頭朗々もった扇子をパッとかざして見得をきれば「よし！」「その調子！」とわき立つ大拍手。

奈々福嬢は水も滴るいい女、というより、水もはじき飛ばすピカピカのいい女。ぐんぐん物語を進め、時に一瞬の間の沈黙。曲師合いの手「ア、イヤ、ホウ」の阿吽の呼吸。明るく軽やかに、たっぷり感情を込めて語り尽さんとする「覇気」がすばらしい。浪曲ってこんなに面白いものだったか！

——以上はその時の興奮をつづったものだ。

「浅草木馬亭」の入口

幟旗の立つ木馬亭が開場すると客席は最前列から埋まってゆく。真っ赤な座に木のひじ乗せの、古いはねあげ客椅子はやや小さめでいかにも往時の定席。舞台正面右書きに「龍飛鳳舞」の額。左右には演者の名入り赤提灯がずらりと並んで雰囲気をつくる。客は男女ほぼ半々、中高年ではない若めの女性一人も多く、席をとってから「あら、〇〇さーん」と声をかけあって皆様常連の雰囲気だ。

今日は「奈々福×吉坊二人会」。様々な「道行き」をテーマに上方落語の桂吉坊と組んだ「みちゆき」シリーズの第五夜「帰る旅、帰れぬ旅」。

チョーンと柝《き》が鳴り、するすると幕が開くと、間近に向き合う二人が人目を忍ぶ薦莫蓙《こもござ》を巻く意味深な立ち姿。満場思わず息をのむとはらりと莫蓙が落ち「しまった、見られた」とずっこけて大爆笑という快調な出だし。二人会は五回目の挨拶あって本番は、まずは奈々福嬢から。白地の演台架布は蓮の花に金魚が二尾泳ぐ艶やかな絵柄。本日の演目はおなじみ「石松金毘羅代参」。名コンビの曲師・沢村豊子の三味線がベベンと鳴り、大向こう「待ってました！」の掛け声あって始まった。

遠州森町娘の出どこ　娘やりたやお茶摘みに
秋葉神社の参道に　産声上げし快男児
遠州森のォォ石松ゥゥ〜

清水次郎長から讃岐の金毘羅に代参を頼まれた石松は一つ返事で引き受けたが、親分に「道中禁酒」と言われ「それは無理だ」と断り、互いに引くに引けなくなった間に割って入った大政は……。

次郎長の貫録、石松の意地の張り合いに互いに相手を思う男気がぐっと胸をつかむ名調子。無事に代参を終えた石松は京見物を終え、三十石船で大阪への帰途につく。その船上で有名な「寿司喰いねえ、酒飲みねえ」の場面になるが、直前で「ちょうど時間となりました〜」と幕。

次いだ桂吉坊「三十石夢乃通路」は、その京・大阪を結ぶ三十石船の船上の噺。つまり奈々福姐さんは良いところを、大阪から参じた吉坊師匠にたっぷり演じてくれと託したのだ。

上方落語は見台と膝隠を置いて演じる。代表的演目といわれる「三十石夢乃通路」は、往時の船道中の船着き場風景や客同士の世間話などを時にのんびり、時に声色朗々と点綴してゆく、ハメモノという噺の途中に入るお囃子がまた気分を転換させ、およそ一時間の長尺を全く飽きさせない。それは江戸の切り口上とはちがう、柔らかくも人間の本音に満ちた上方言葉の魅力だ。私は上方落語の魅力を知った。

終えた楽屋の奈々福姐さんに、お好きという日本酒を差し入れすると名入り手拭いを頂き感激。このシリーズ第六夜は五月「この世ならぬ、男と女の道行き」怪談噺という。これもぜひ来よう。

○月×日　落語は寄席ばかりではなくホール落語も盛んだ。私がよく行く某誌主催の「人形町らくだ亭」は、区立日本橋公会堂の定員四〇〇名余・二階席まである立派な「日本橋劇場」が使われる。
その第七十六回。開演に集まる客は皆さん常連のようで、ロビーは「やあやあ」と賑やか。会社を終えてかけつけたらしいスーツ姿に黒カバンも多い。公営ホールらし

玉川奈々福さんと楽屋でツーショット

く「公演の録音録画はお断り、携帯電話は……」云々の場内アナウンスは野暮だが仕方がない。テンテケテンと出囃子鳴り、前座に続いて本日は噺家四人の四席だ。

まず一席は桂宮治「つる」。愛敬あるてらてらヤカン顔を「アンパンマンです」とくすぐって、半腰立ち上がりそこまでやるかの大熱演。

演目ビラがめくられて二席は柳家さん喬「初天神」。おだやかに座り、宮治を「まあ熱演ですナ」と軽く揶揄して羽織を脱ぐ余裕が高座の空気を変え、初天神に連れてけとねだる子供に「何も買わないぞ」と約束させるが次々に子供の策にはまる微苦笑噺が正月明けにふさわしい。

仲入り休憩後の三席は古今亭菊之丞「景清」。見えない眼が開く願掛けをあちこちにするが一向にラチがあかず、賽銭ばかり取りやがってと啖呵を切り……。やや細身の体にすっきりした勢いのある芸風。最後めでたく願が叶う時の上野不忍池の情景描写がすばらしい。サゲに替わる「芽の出ない方に芽がひらくお目出たいお話でございます」で閉じ、新年今年こそはと気持ちよい拍手がわく。

トリは本日の主任・古今亭志ん輔。志ん輔師匠は私が最も高座を見ている噺家で、二つ目「朝太」の頃から俳句会で一緒の仲だが、真打ちを経てすっかり名人になり、もはやタメ口も使えなくなった。

「待ってました！」の大向こうあってゆっくり登場した師匠は、おもむろにまくらの話題。その声もほどよくしゃがれ、年齢なりの「枯れ」がにじんで来たか。今日は、師の志ん朝も得意とした廓噺の古典演目「お見立て」。

吉原の花魁・黄瀬川は、千葉流山の田舎者お大尽・杢兵衛に惚れられて今日も離れで待つのに嫌気がさし、使い走りの牛太郎に「居ないと言って帰しとくれ」と頼む。牛太郎は仕方ねえなと言い訳するが、意外やしたたか者のしつこい食い下がりに、「病気」「病院はどこだ」「面会だめ」「オラだと言ってくれ」「じつは死んだ」「（絶句）葬式はいつだ」「もう済んだ」「墓はどこだ」と窮地に追い込まれる。

話は本題に入ると、次第に熱気を増し、牛太郎の「うまく逃げた」と安堵する顔に飛びかかる逆襲に大口を開けて絶句、「あわわ」と口をぱくぱくさせる十八番の表情に満場が爆笑する。

この演目は川島雄三監督一代の傑作『幕末太陽傳』（一九五七）に「居残り佐平次」「品川心中」とともに使われ、私は終盤近いその場面のフランキー堺と市村俊幸を思いだしながら聞いた。最後はないはずの墓参りに行きあちこち適当に教えるが「ナムアミダブ……こ、こったら子供の墓でねえが、本当の墓はいったいどこさだ？」「ええい、負けた、よろしいのを見立ててくだせえ」とサゲ、大拍手で幕に。落語とはすごいものだ。筋書きのわかっている話が演者によってこうも生き生きするとは。

終えたロビーの客はしばし帰らず、今日のあの出来はよかったなどと寸評が始まる。有名噺家をタレント的に追いかける山の手とちがい、ここ下町人形町は、若いうちから目をかけ、その成長を見てゆく懐の深さを感じる。

苦笑、爆笑しながら時にほろり、人の世の人情まだ捨てたものではないと幸福な気分にさせて終わる落語とは何と良いものか。そこに自ずと演者の人間味が加わり、年齢とともに独自の世界を作ってゆく。志ん輔師匠、四月の国立演芸場「志ん輔の会」は「居残り左平次」という。これも行かなくちゃな。

○月×日　新宿「末廣亭」。瓦屋根の上がる二階は赤い手すりに白提灯が並び、常連演者の名札、本日出演の額入り白ビラなど寄席文字で埋められ、木戸口でお金を払う昔ながらの寄席定席の雰囲気がいっぱいだ。椅子客席の両側はやや高い畳敷き桟敷で、座布団を借りてあぐらをかけば寄席気分満点。上は格天井、舞台欄間は松竹梅透かし彫り、粋な網代織の壁を紋入り丸提灯がずらりと囲む。三月上席の昼の部は開始十二時、中入りあって打ち出し四時半まで、演者が十八組も出る。
さあ長丁場だと椅子に深く座り、テンテケテンの出囃子あってまずは落語から。丸坊主の若手は扇子を小皿に見立てて煮豆をフーフー吹いて食う仕草をけんめいに。続く「ハッポゥくん」は紙切り芸ならぬ発泡スチロールを切り抜く珍しい芸。できあった作を「欲しい方」と呼びかけるとたちまち客の手が上がる。当日の演者交替はいつものことで、予定にない漫才「青年團」はことなかれ教師とツッパリ学生のピリリと利かせた風刺が小気味よく、相撲呼びだし支度の「ノ矢」は昨日の出来事を即興漫談、「相撲甚句」に拍子木で〆る。

みんなとてもおもしろい。電波には乗せられない際どい世相風刺や色言葉の「ロすべり」は江戸っ子好みに溜飲を下げる。開始に四分の入りだった客はしだいに増え、それにつれて舞台の熱気も上がってゆく。

寄席定席の良さは、知らない芸や芸人に会えること、さらに「あいつは伸びるよ」と通を気取ること。ひいきを追うのもよいが、誰が出ているかに関係なく、ぶらりと寄席に入るのこそ演芸を楽しむ神髄と、しみじみ思ったことだった。

皇居訪問

東京の中央にある皇居は、敷地の西が天皇のお住まい「御所」のある「吹上御苑」、東が江戸城のあった「東御苑」で、全体を外堀が囲む。西の半蔵門あたりから、外堀の豊かな水と御苑の緑を手前に、丸の内の高層ビル群を見るのは日本屈指の、いや世界にも少ない、自然と現代が併存する眺めではないだろうか。

皇居の入場門は、南に桜田門、東に坂下門・桔梗門・大手門、北に平川門・北桔梗門・乾門、西に半蔵門がある。皇居外苑広場から続く坂下門に立った。東京に五十年以上住んでいるが皇居に入るのは初めてだ。

いかめしい「皇宮警察本部坂下護衛署坂下門警備派出所」で入場証を預かり中へ。ここからは白い砂利道と豊かな緑、青空の他は何もない。

時まさに五月。全身を青葉に包まれた大樹は光り輝き、根方の植栽もまた。やや上り坂の広い道は足裏に心地よく、おのずと歩みはゆっくりになり深呼吸を繰りかえす。

坂下門前では聞こえていた都会の喧騒もいつしか遠く消えて静かになり、玉砂利を踏む自分の足音だけがする。

右手の昭和十年築、建物は西洋古典風、屋根は銅葺き和風の帝冠様式三階建ては宮内庁庁舎。そこから左にまわり上がると、左右一六〇メートルと長大な宮殿「長和殿」になり、前は切石畳が整然と敷き詰められた広大な広場だ。毎年一月二日の一般参賀では殿の前に特設スタンドを建てて皇族が並び立ち、参賀に応える。毎年この光景をテレビで見て正月を実感し、国の安定を確認する。

平屋建ての長和殿も屋根は銅葺きで緑青が鮮やかだ。ばくぜんと皇居の建物は瓦屋根の和風を想像していたが、屋根はもとより寺社風でも神社風でも、趣味的な庭園でもなく、これがフォーマルということだろう。取り囲む森は枯れ枝一本なく、植栽は刈り込みが行き届き、広大な広場は落葉一枚ない。毎日の清掃の行き届きが見え、さきほども緑のジャンパーの勤労奉仕団体の方々が帰ってゆかれた。

森を抜けた先にひろがった高低に富んだ立地がすばらしい。湟池《こうち》（二重橋濠）にかかる鉄橋の位置は小高く、東の眼下はおなじみの石の二重橋がかかり、ここが皇居正門。その向こうは皇居前広場と松林の皇居外苑、遠く丸の内の高層ビルが並び立つ。

振り返った後ろは、深い堀に建つ石垣上に緑の森を背に白壁黒瓦の伏見櫓（美しい姿

（上）一般に「二重橋」と呼ばれるが正式名は「正門石橋」。（下）皇居東御苑の天守台は東西四十一メートル、南北四十五メートル

から別名月見櫓）が美しい。

鉄橋の青銅の柵は左右対称の和風唐草連続模様、見上げる高さに四基立つ橋燈は、紡錘形の白いぼんぼりを頂上に、その下に四基を提げ、精密な装飾彫刻は純粋な西洋様式ではなく、慣れない西洋を苦心して和に消化し、心のより所のように中国風も織り交ぜた不思議な造形で、全体の力強さは新しい文明を作ろうとする当時の日本人の心意気に感じる。

私は翻然と気づいた。大政奉還により皇居が京都から東京に移った明治二年は西洋文明を公に取り入れる日本の欧化の元年で、そのときの皇居造営は西洋風を旨としたのだと。青銅の橋燈から伏見櫓を見る光景は江戸から明治への橋渡しを象徴するようだ。

日本建築の城櫓、西洋風装飾の近代鉄橋、現代のガラス張りビルが一堂に会するのは、江戸、明治、現代と続く日本の歴史そのものに見えた。

＊

坂下門に戻って東御苑へ。堂々たるエンタシス柱を四本立てたネオ・ルネサンス様式の建物は明治一九年年築の枢密院庁舎で、後に皇宮警察本部庁舎となった。近くの道場「済寧館」から柔剣道練習の気迫ある気合が聞こえ、欧米人団体客が興味深げにのぞいてゆく。東御苑は大手門から自由に入れ、丸の内にお勤めの方の昼の息抜きの場所でもある。一面の緑の芝生は寝ころぶのに最適だ。

昔の番所などの瓦には皇室菊のご紋と徳川三葉葵紋が混在する。見どころはあちこちに残る石垣で、自然の割石を積んだ「野面積み」、表面を平らで揃えた「打込み接ぎ」、四角い切石を隙間なく重ねた「切込み接ぎ」など、石垣好きにはたまらないギャラリーだ。

かつて五層天守閣江戸城の建っていた、一番奥の小高い天守台跡に上った。濠をはさんで眺める丸の内、大手町、竹橋のオフィス街、その先にある夜の社交場銀座、江戸の商繁栄を伝える日本橋も遠望して、現代の東京の顔そのものだ。あそこで人々は働き、活動し、今の日本を動かしている。東京の真ん真ん中に広大な緑をもつ皇居は、中心から日本を眺める場所だった。

そして思った。来年四月三十日に退位される今上天皇の一般参賀はこれが最後となる。日本の平和を祈念し続けた両陛下への感謝の列はあふれることだろう。日本よ、いつまでも平和であれ。皇居がその象徴であれ。

代官山蔦屋書店

私はかつて資生堂にデザイナーとして勤め、今も仲良くさせていただいている。
先日「花椿」の女性編集長からのメールで、代官山蔦屋書店で開くフェア「花椿から拡がる本の世界」に私の本も置いてくれるとのこと。やれうれしやと出かけた二号館のそのスペースは「花椿」の記事に関連したいろんな本を置いて、それぞれに解説がつく。
『草笛光子のクローゼット』草笛光子（主婦と生活社）〈記事＝資生堂がお届けした伝説の花椿ショウ／一九五八年に始まった資生堂が一社提供していた日本初のバラエティー番組「光子の窓」の司会を務めた女優・草笛光子の84歳現在の私服の着こなしが紹介されている。〝服も人生も怖がらず、楽しんで生きていきたい〟という草笛光子の魅力がつまった一冊〉
草笛さんが窓を開くところから始まるテレビ草創期の伝説のおしゃれな音楽番組だ。

まだ録画技術のないころで、ＣＭもその場で生放送の「生コマ」、出演は本社美容部員。制服に入念なメイクの出演は女子社員の憧れだった。

『Jubilee』細倉真弓（アートビートパブリッシャーズ）〈記事＝藤井隆さんと学ぶ「最高の笑い顔」／『花椿』ほかさまざまな雑誌でも活躍中の写真家・細倉真弓の写真集。今の時代の〝Female Gaze（女性のまなざし）〟を体言するひとりである彼女。カラーフィルターを用いたシリーズは、トーン・オン・トーンの世界が敷かれ、どこか知らない世界を見るような気持ちにさせる〉

へえ、本への興味をおこす解説って大事だな。

さて私の本は、あったあった、アレ？

当然、私の資生堂時代のデザインワークをまとめた厚い作品集『異端の資生堂広告　太田和彦の作品』（二〇〇四年／求龍堂）が置かれると思っていたが、そこにあるのは『老舗になる居酒屋　東京・第三世代の22軒』（光文社新書）と『太田和彦の今夜は家呑み』（新潮社）の二冊。

解説は〈資生堂で異色の広告デザインを手掛けてきたグラフィックデザイナーであり、居酒屋探訪家としての顔も持つ太田和彦の著書。東京にある居酒屋の中で、今後「老舗」になっていきそうな気骨のある22軒を、太田和彦が……〉〈家呑みにうってつけのおつまみレシピ集。居酒屋研究家の顔を持つ太田和彦いち押しの……「花椿」秋号の「ＳＨＩＳＥＩＤＯ ＭＵＳＥＵＭ」では彼がアートディレクターを務めた作品を掲載している〉

そのページも紹介されてまことにありがたい解説文だが、ありゃりゃりゃ。「優雅と気品」を社是とする資生堂のデザイナーが書いた本としてはまことにふさわしくなく、申し訳なくて穴に入りたい気持ちだ。「作品集のほうにしてよ〜」と言いたいが、そうもゆかず、うなだれてそっとそこを後にした。

＊

書店といえば本がぎっしり棚に詰まり、新刊が平台に積まれるイメージだが、ここの天井高い空間は本の威圧感は全くなく、しかも全面ガラスの外の緑あふれる光がさんさんと入り、まるで山の別荘の高級なリビングにいるようだ。

窓際に並べた椅子に若い女性が雑誌を開き、ゆったりしたソファコーナーは、小さな赤ちゃんを寝かせた若いママが本を開いている。家にいるとつい目に入るものを片付けたりするが、ここに来ればそれはできないので本当にゆったりできる。むずかる赤ちゃんも不思議にぴたりと静かになると言うのは、本たちの生みだす落ち着いた波動を感じ取っているのではないか。

私も〈都市のジャングルは家庭で緑のオアシスを夢見る〉と解説にある分厚いインテリア写真集『WONDER PLANTS 2』（ACC ART BOOKS US）を開いた。洋書写真集ほど手元に置きたい本はないが置き場所がなく値段も高く、ここで鑑賞だ。

隣には、れもんらいふ代表アートディレクター・千原徹也の新刊にちなむポスターいろいろが展示され、そのデザインは、私の現役時代の一ミリもゆるがせにしない厳格なものと違い、まことに軽快でうらやましい。こういう若い感覚に触れられるのもこの書店の良さだ。

初めて上がった二階は、一階とはちがい、一角にグランドピアノを置いて簡単な食事もできる中央のカウンターを広大に一周する、落ち着いた書斎風だ。

四囲の書棚に目を見張った。それはすべて雑誌のバックナンバーだ。「新建築」「マリ・クレール」「カーサ・ヴォーグ」「カーマガジン」「エスクァイア日本版」「メンズクラブ」「音楽の友」「ジャズ批評」「ステレオ芸術」「翼の王国」「暮しの手帖」「流行通信」「ａｎａｎ」「エピステーメー」「リュミエール」「ユリイカ」など硬軟とりまぜた雑誌の大群だ。「幻影城」「ヒッチコックマガジン」はミステリファンには垂涎だろう。閲覧自由で、たまらず開いた若いころ胸ときめかせた映画雑誌「スクリーン」のグラビア「スタアは音楽がお好き」はギターをかかえたBB、CC（わかりますね、ブリジット・バルドー、クラウディア・カルディナーレ）がなんとも魅力的だ。

さらに、おお「平凡パンチ」のオンパレード！　端から端まで並ぶ中から引き抜いた最初期の一冊の表紙絵は大橋歩で、やはりこのイラストは水準高いなあ。トップ記事は「三船敏郎と石原裕次郎の爆弾宣言」として「五社協定に反抗する二大スターの共演と計算」をインタビュー。さらに「特別ルポ　オリンピック村の美人評判記」はこの号が一九六四年とわからせ「美人選手」の笑顔のスナップがいい。

ここは最高の雑誌アーカイブだ。ゆったりした革張りソファに座り、コーヒーをとって、日がな一日往年の雑誌に読みふけりたい。それはなんと豪華な時間だろう。いや「平凡パンチ研究」の論文を書けるかも知れない。

＊

二階をつなぐ通路から映画のコーナーへ。棚をレンタルビデオが埋めるのは蔦屋でおなじみだが、注目すべきは、これと思う作品を並べた「コンシェルジュ　セレクション」だ。例えば〈ハリウッドの中の異人たち〉として〈エルンスト・ルビッチやF・W・ムルナウなど、サイレント期からヨーロッパで名声を得た監督達を招聘するのが、ハリウッドの常套手段だが、第二次世界大戦勃発で、ハリウッドへ亡命してくる映画人が後を絶たず、ルネ・クレール、フリッツ・ラング、ジャン・ルノワールなど多くの巨匠がハリウッドの地を踏んだ。チャップリンや、ヒッチコック、ビリー・ワイルダーも外国人だったし、『ベン・ハー』（一九五九）でアカデミー賞に輝くウィリアム・ワイラーやジョセフ・フォン・スタンバーグなどは移民でした。こうした、「ハリウッドの中の異人たち」が黄金期を支えました〉として関連作品がならぶ。

書いている上村敬さん（写真ハンサム）は〈一九六七年東京生まれ。コロンビア・カレッジ・シカゴで映画製作を学ぶ。卒業論文は「ハリウッドにおけるB級映画の歴史について」。周りからは、ヨーロッパ映画好きと思われているが、アメリカ映画育ちである。代官山蔦屋書店のシネマ・コンシェルジュとして、オープンから現職〉。

私は気づいた。これこそ自分のやりたい仕事だ。ビデオ整理、現場掃除でいいからこの人に弟子入りし、名画漬けになりたい！

それからは夢の時間。本、美術、音楽、映画、この四つが私のすべて。それが全部ここにある。隣の音楽の館も入ったら夜になってしまう。

気がつくと三時間もいた。それぞれにつけた詳細な解説は担当者の腕の見せ所か、読んでゆくだけでも面白くためになる、まさに夢の場所。近所に引っ越し、老後をここで過ごせたらどれだけ良いことだろう。これだけ楽しませてもらって手ぶらでは帰れない。

『千原徹也と、れもんらいふ〝デザインの裏側がよくわかる話〟』千葉徹也ほか（株式会社れもんらいふ）
『役者は下手なほうがいい』竹中直人（ＮＨＫ出版新書）
『フィルムは生きている』手塚治虫（国書刊行会）
『私が愛した映画たち』吉永小百合（集英社新書）
『三船敏郎、この10本』高田雅彦（白桃書房）
『石上三登志スクラップブック　日本映画ミステリ劇場』石上三登志（原書房）
『未完。』仲代達矢（ＫＡＤＯＫＡＷＡ）

購入した本がずっしり重い。家に帰ってもさらに夢は続くだろう。

西洋アンティークを探して

昔、ロンドンで案内された泥棒市であれこれ見てまわるうち何か買いたくなり、高さ十五センチほどの真鍮の猿に目が留まった。両足で立ち、何かを捧げるように手を差し伸べて広げ、少し横を向いた表情に愛敬がある。雄らしく股間にちょこんと突起のつくのも可愛らしい。

「イズイッツ、ラッキーモンキー?」

「オー、イエースイエース」

売る男は「そうですそうです」と大きく手を広げて真似した。案外重いのを鞄につめて仕事場に持ち帰り、広げた腕に鉛筆を一本置くと「ご主人さまお疲れさまです、さあもう一仕事」と言うようだ。足の小さな穴は、もとは台があったのだろ

う。彼もはるばるロンドンから日本に新しい居場所を得た。以来、私の執筆の守り神。

机の真空管アンプの上にある、短い四脚に首の長い小さな青銅の馬（？）は京都で買ったもので中東風だ。機能本位のアンプにこれを置くと雰囲気が温かくなった。

鉛筆立て手前の、ややメキシコ貴族風のつばの広い帽子に肩カバン、鎖でロバを引く、高さ五センチに満たない真鍮置物はどこで買ったのか忘れた。

後年また訪れたロンドンで、有名なノッティングヒル・ポートベローの土曜骨董市を目指して行った。およそ一キロもある通りの両側は露店が並んで人でぎっしりだ。まず右側、帰りは左側と決めてゆるゆると一順。多いのはティーカップなど食器だが割れ物は敬遠し、目をつけたのは、細いガラス管に気泡を一つ入れて建物などの水平をみる真鍮の水準器。古錆びて私には全く実用の意味はないが、こういう古い専門道具もまた好きなのだ。

＊

旅をして古道具屋やアンティークショップがあるとのぞくようになった。和の古道具は盃、徳利、藍染め小皿を探すので実用でもあるが、西洋骨董のアンティークショップは純然たる趣味だ。私の好きなのは無垢の金物でとくに真鍮好き。

京都清水寺・五条坂の骨董市で見つけた半裸で琵琶を弾く真鍮の弁天様は値段的に決断を要し、明日来てもあったら買うと決めて翌日行くとあり、価格交渉して買った。大津の古道具屋で見つけた小さな亀は案外よい値段だが頑としてまけてくれず、逆に掘り出し物なのだろうと購入。ずしりと重く文鎮にちょうど良い。

京都でいつものぞく店に、アメリカのものだろうか、「1 lb」と浮き彫りした量り用の正一ポンドの鉄の重しがあり、およそ四五〇グラムはまさに文鎮と購入。アルバイトらしい女性店員は「よくこんなもの買いますね」という顔だった。

中国上海の土産物屋で買った鋳鉄の大仏は座布団を敷いて安置してある。

旅の買物に金物の難点は重いことだが、だからいい。私の父の実家は信州松本に四代続く金物職人で、幼い頃、真っ赤に焼いた鉄を叩いたり、小さな鑿《のみ》で装飾を刻んでゆくのを飽かず見ていたから金物好きになったのだろう。

＊

中目黒駅に近いアンティークショップ「ラシエネガ」はよく前を通るので、一度入ってみたいと思っていた。趣味的な小さな店と思っていたら大間違い、四階建てのビルで、地下は倉庫、一階は工房、その上が店だ。シャンデリアが専門とあるとおり、高い天井からぎっしり下るシャンデリアが豪華だ。私の生活には全く無縁のものだが、間近に見るとじつに精巧で、「これなど最高級です」とそっと指を触れるのはバカラ社のクリスタルガラス棒が二重三重に輪をつくって無数に下る。また一方の戸棚三段にぎっしり並んで、下から光の当たる小さな香水瓶群のすばらしさ。資生堂に勤めていた私はこの価値がよくわかり、先日文化功労者となった福原義春名誉会長の香水瓶コレクションも知っているが、代表的な製品だけでなくメモリアルなプレミアム品などまさに宝石だ。

体格堂々たる店長平田総一さんは、コレクションは「アールデコ以降の一九三〇年~七〇年代」と決め、照明器具を軸にインテリアアクセサリー、オブジェ、アンティーク雑貨を扱う。二階の「一九六〇~七〇年代のイタリアンモダン」は、当時最先端のモダニズムだったのが、時代がひと回りして今アンティークになった。「これは期間が短かっただけに愛おしいんですよね」と言うのがよーくわかる。バ

中目黒「ラシエネガ」にはシャンデリアやバカラのクリスタルなど

ブル景気のころ高級クラブなどによく使われた。私の真鍮好きに「私もなんです」とその魅力を語り、同好の士を得た気持ちだ。

まさに夢の国、目が離せない。ドアノッカー、置物など一つ一つ感心しているが、腹の中では自分でも買えるものを探してそっと値札をチェック。目をつけたのは重い真鍮のドアプレート、鼠の鉄像がつくドア下止めの三角板、貝の形の真鍮のペーパークリップ……。う〜ん悩ましい。

ここで舞い上がってはいけないと自省しつつ買ったのは高さ四センチ、手籠を持つ婦人のロングスカートの中が振り鈴の「ハンドベル」。真鍮の精密な彫りの表情が語りかけ、音は涼やか。これを机に置き、気分が飽いたらそっと鳴らそう。

＊

目黒通りの「ジェオグラフィカ」も地下から三階まである大きなショップで、二階にはカフェ、三階はアンティーク美術の図書閲覧室、一室では何か講座を開いている。広いフロアはすてきな洋家具でいっぱいだが、私の注目は、刻み煙草やビスケット、絆創膏などの古いブリキ缶だ。五〇年代ころだろうか、ロゴを印刷した昔のデザインがたまらない。これをペン立てにしたらしゃれている。しかし、ほんの小さな蓋付き缶が一個七〇〇〇円～一万五〇〇〇円。女性店員によると最近、缶はコレクターズアイテムで値段が高いそうだ。「これ、いいよなあ」と眺める私に、同行の女性編集者は「私にはその良さは全然わかりません」とあきれた表情だ。

確かにアンティークに限らず、鉄道模型やミニカーはまだしも、ブリキおもちゃ、グリコのおまけ、駅弁包装紙、琺瑯看板、マンホール蓋の写真など「収集癖」は男だけのもので、女性のコレクターは聞いたことがない。女性は役に立たないものに興味はなく、まして大枚をはたくなど考えられないのだろう。男はロマンチストなのだ。

そのブリキ缶はあきらめ、スコッチウイスキー「グレンモーレンジー」の水差しをゲット。これに花でも飾る？　とんでもない。置いて観賞する。

アンティークは、希少価値も、実用価値も、美術価値も、転売すれば高価になる価値も全く関係ない「その人にとって良ければそれでよい」だけのもので、値段は有ってない。

それは「愛」だ。好きな人への愛は本人にしか判らなく、どうしても手に入れたい。男は無償の「愛」を求めるのだ。

ビーフシチューを味わう

たまにはレストランでおいしいものをいただいてみたいが、身支度して、ワインとって、フルコースもおおげさだ。もっと気軽にしたい。

ランチだな。せっかく行くのなら定評ある老舗にしよう。そういう店の味や居心地を知っておくのもよいことだ。一度入っておけば、どなたかをお誘いもできる。気に入れば夜に本格的なコースも。結婚記念日に家内を喜ばせてやるか。娘の卒業式の夜、連れていってやるか。男同士は居酒屋でよいが、女性を誘うにはやはりレストランだろう。

そういう期待も秘めて、とりあえず大人の男の一人ランチ。しかし何を注文しよう。レストランだから前菜、スープ、魚、肉と何でもある。誰かと一緒なら相談する楽しみもあるが、一人では自分で決めない限り永遠に決まらない。メニューを開いてから迷うよりも決めておこう。昼だから単品でいいが、ハンバーグじゃ子供っぽい。

そうだ〈ビーフシチュー〉だ。これのないレストランはない。よーし決めた。

＊

台東区根岸の「香味屋《かみや》」は、装丁家・佐野繁次郎の独特の書き文字ロゴとともに、老舗レストランとして名高い。下町の雰囲気を残す町並みに控えめな玄関を入ると、中はたいへん広く明るく、アイボリーホワイトのテーブルクロスをかけた四人がけテーブルがゆったりと配置され、ビュッフェなどの絵がかかる落ち着いた居心地だ。

繁華街ではない場所だから、そんなに混んでないだろうと思いきや、一階はゆったり食事するグループで満席、周り階段から二階席へ案内され着席した。

「いらっしゃいませ」

フォーマルな黒スーツに蝶タイのウエイターが厚いメニューブックを置いた。

「ビーフシチューを願います」

「うけたまわりました」

待つことしばし。天井高く、花模様のレースカーテンを透かせた光がさんさんと入り、これはよい席だ。春の午後、よい年齢の男一人客もわるくないな。

「お待たせしました」

とどいた一皿をしばし観賞。水色に金唐草模様の優雅な皿に、煮込んだ牛肉が盛り上がり、黒茶のデミグラスソースがたっぷりかかって、散らしたマッシュルームスライスがアクセント。脇には白いマッシュポテト、真っ赤な人参、緑のブロッコリーが添えられてたいへん美しい。いざ、とナイフ・フォークを手にしたが、鼻をつく豊かな香りにしばしナイフをためらう。

とはいえ、ひと口。やわらかく、旨みは濃厚、香りは豪華な正統派ビーフシチューだ。ひと口では止まらずたちまち二口、三口。ま、待て、旨いからって慌てるな、急いで食べたら損だ。丸く固めたマッシュポテトは表面をやや焼いて香ばしく、人参はあくまで柔らかく甘く、ブロッコリーは青い香りが立ち、順にいただくうち、このソースでご飯をほしくなった。

お願いして届いたご飯にちょっと塩を振ってひと口、半分ほど食べ進んだシチューがさらに旨くなる。やっぱりご飯だな、パンじゃないな。

昼だからワインもサラダもとらず、ただこの一皿に集中。たいへんきれいに食べ終えた量は少なすぎず、多すぎず、まさにほどよいランチだが、何か身体中にパワーがわいてきた気がする。食べやすく、旨み濃く、栄養価も高いこれは老人にうってつけなのかもしれない。年齢を重ねた老人が、白ナフキンを膝に一人ビーフシチューをい

「香味屋」のビーフシチュー。マッシュルームのスライスがアクセントに

ただいているのは格好いいかもしれない。

食後はコーヒーで満足。鶯谷駅から少し歩くのも運動になる。また電車で食べに来よう。そのうち好きな女性を誘おう。

＊

一週間後、ところは変わって銀座。

資生堂パーラーは、私が資生堂宣伝部にデザイナー入社した「出社第一日」に上司がランチに誘ってくれたところだ。それまでの食うや食わずの貧乏学生には、白いテーブルクロス、花椿マーク入りの金縁白皿、銀の食器は夢の席。こういうところで働くのかと思ったのだった。在籍時代にここのメニューのデザインもしたことがある。

それも三十年以上昔の話。退職した会社に今も出入りできるのはうれしいことだ。パーラーよりは十一階の「バーS」の方が多いけれど。

「いらっしゃいませ、太田さん、先日はどうも」

と言われるのは銀座タウン誌「銀座百点」でバーSの取材記事を書いたから。

「本日は？」

「ビーフシチューをください」

「はい」とにっこりする笑顔がうれしい。先日の香味屋でビーフシチューは旨いものだと再認識し、そのはしごにやってきた。

アールヌーヴォーを基調にオレンジ系の暖かな色で統一した店内は、まことに上品ながら、どこか冷たくない銀座の華やぎがあり、ご婦人方のランチ会はもとより、きちんと上着を召した品のよい老紳士が一人食事する光景も普通だ。著名な作家と編集女性がランチをかねて打ち合わせしているのも見た。あそこにご案内しておけば間違いない店はやはり貴重だ。

「お待たせしました」

小さな火にかけて銀盆で運ばれた〈ビーフシチュー〉土鍋は、そこで大皿に移されるので、茶色の蓋を上げるとほわりと湯気と香りが立ち上がる。

「ごゆっくりどうぞ」

ウエイター去って、さあ食べよう。

たいへん熱々をフーフーして、ひと口。切ってある肉は食べやすく、人参、ブロッコリーに、塊の玉葱とマッシュルームがいい。味は濃厚だが、脂を感じないぶん口当たりはあっさりして、これはご婦人に喜ばれそうなビーフシチューか。ナイフ・フォークもあるが、スプーンでいただけるのが食べやすく、最後のソース一滴まですくった。

コーヒーをいただいて席を立ち、エレベーター前で女性がコートを肩にしてくれる。

「ビーフシチュー、いかがでしたか？」

柄にもなくVサインを出す私でした。

「資生堂パーラー」のビーフシチュー

私邸美術館の見どころ

大型の公共美術館は古典絵画も現代美術も扱うため、展示場は無個性にしなければならないが、私邸に展示する美術館は建物に個性があり、似合う作品は限られてくる。逆に言えば作品と建物の絶妙なマッチングを楽しめることになる。

白金の「東京都庭園美術館」は一九三三（昭和八）年に朝香宮邸として建てられ、半世紀後の一九八三（昭和五八）年に美術館となった。

目黒通りに面した正門から遠い奥にある建物に向かうながく広い砂利道は、隣接する国立科学博物館附属自然教育園の森とつながって覆う大樹の緑がいい。近くに仕事場がある私はよく来ていて、このアプローチが大好きだ。

やがてゆるやかに曲がった先に見えてくる、屋上望楼つき薄ベージュ色三階建ての本館は、曲線・直線のバランスをもって簡明だ。

しかし左右にこま犬を配した玄関を入ると雰囲気は一変する。直径五メートルはあ

「東京都庭園美術館」は事務所からも近くよく足を運ぶ

ろうかという同心円の華麗なタイルモザイクを足下に、壁の冷ややかな大理石、段々に高めた白漆喰天井から下る小ぶりに洗練された照明、扉の黒い鉄枠から透ける向こう側は、両手をおろして水面から上がってきたような女性の背に翼がひろがるルネ・ラリック作のガラスレリーフが何体も透けて見え、はやくも夢幻境を思わせる。

大客室の控えの間には、中央に背丈よりも高い脚つきグラスのような噴水器（香水塔）が立つ。水の流れる仕組みがついた白磁の丸いカップの上の泡立つような装飾は、照明が入って香水を直接垂らすと熱で香りを漂わす。床は華麗なモザイク、外光を弱めるドレープカーテン、同心円の白漆喰天井はやわらかな間接照明。客を迎えるために噴水器だけの間を設ける優雅さ。来客時に香水が漂うのはすばらしいだろう。

そこから始まるすべての部屋は、部屋の形も（丸、四角、楕円）、天井も（段々、球形、ヴォールト）、各室のマントルピースの形も大理石も、また照明も（吊り下げ単灯、シャンデリア、壁埋め込み、間接）、

壁も（壁画、各種大理石、金属レリーフ、高級材、厚いカーテン）、床も（敷き詰めタイル、精密モザイク、寄木貼り、じゅうたん）、すべて異なるデザインだ。各種通風抗、排水口に施した装飾金物のデザインを見て歩くだけでも興味は尽きない。そのすべてがアールデコ。一貫しているのは「洗練された気品」と「控えめな優雅」。アールヌーヴォーをモダンに昇華したアールデコは近代の素材を駆使し、ここは石とガラスと金属と木の饗宴といえよう。

朝香宮夫妻は一九二二〜一九二五年、若くしてパリにながく滞在し、アールデコ博といわれる美術博覧会を視察。内装設計をフランスの装飾美術家アンリ・ラパンに委嘱し、世界にもこれだけ純粋にアールデコ様式で統一された建物はないと言われるほどのものを作った。公用の一階は石中心、私邸の二階は本場ではあまり使われない和を感じる木材を取り入れ、例えば細みの丸木柱に金属の頭注飾りを施す。

この「建物自体が美術品」にどんな展覧会がふさわしいか。所蔵作品はなく年数回の企画展を行い、前回（二〇一九）は「岡上淑子　沈黙の奇跡」、今は「キスリング展」だ。

およそ一〇〇年前のパリで一世を風靡したエコール・ド・パリを代表する画家・キスリングは、印象派やフォービズムに憧れて芸術の都パリに行き、ピカソやモジリアニ、藤田嗣治らと交流した。私は初めて見る。
点在する作品は一室に一点の部屋もあり、広大無機質な美術館にガラス越しに何点も並べる美術展とはちがい、本来絵とはこうして室内に飾るものと思わせる。学芸員は「この絵はこの部屋よね」と楽しんだにちがいない。

そうして目前に見る、まだ油絵具が乾いていないような生々しい発色の冴え。人物、風景、静物、裸婦、花など伝統的な画題の絵は親しみやすく、新思潮のキュービズムなどに学びながらも過度にそちらに走らず、あくまで描く楽しさを忘れない「絵の幸福」があふれる。私も高校時代は絵を描いていた。再び絵筆を持つならこういう絵だなとしみじみ思う。「花瓶に花」というまことに平凡な主題がこれほど多様に幸福感あふれて描けるものか。いちばん好きな画家はマチスだが、これからはキスリングを加えよう。

ひさしぶりの「絵はいいなあ」という感動はここで見た要素も大きかっただろう。建物自体を楽しみに訪ねる価値のあるすばらしい美術館だ。

＊

谷中の、黒塗り曲面が特異な洋館「朝倉彫塑館」は、巨匠・朝倉文夫（一八八三〜

一九六四）の自邸アトリエで、中を見学でき作品も展示している。

朝倉はこの家を自ら設計監督して、大工棟梁・小林梅五郎、造園・西川佐太郎、銅板葺き・佐藤卯平ら名工に腕を振るわせた。日本家屋と洋館を合体させた建物は精緻をきわめ、直線が基本の日本間においても曲線を多用して美術家の造形をみせる。四方を家に囲まれた池は廊下の下まで満々と水をたたえ、「仁義礼智信」に配した見上げるような巨石は、雄大な肖像彫塑を得意とした作家の世界観のようだ。

洋館部アトリエの、巨大な採光窓のある高い天井はそのままなめらかにカーブして壁になり、部屋の角隅もすべて丸くした空間は部屋のどこにも直線を作らず、やわらかな自然光があふれる。名作『墓守』、娘の摂（舞台美術家）・響子（彫刻家）をモデルに背中合わせで立たせた『姉妹』などが、床に直接立って四方から見てとれ、ここで作られたという臨場感がとてもいい。

私は五十年も前、資生堂の新人デザイナーだったとき、「個性ある女性像」を写真で描こうとしたシリーズ広告でここを使わせてもらい、当時置かれていた早稲田大学・大隈重信像の巨大な原型の前にモデルを立たせ、静謐な光で撮影したことがあった。

アトリエ奥は朝倉の書斎で、天井まで高い蔵書が興味深い。二階へは階段部から朝

「朝倉彫塑館」には名作「姉妹」「墓守」などが

倉の愛してやまなかった猫の作品が生きているようにあちこちに置かれ、堅苦しい芸術ではない親しみがわく。さらにおすすめは外階段を上がった屋上だ。一気に開ける展望は上野の山を見せ、玄関上に見上げた塑像は「砲丸投げ」の青年であるとわかる。屋上は広く木も植わり菜園もある。ここはまぎれもない、作品、建物、作家が一体となった彫塑の館だ。

大型美術館とはちがう、作品と建物の一体感は美術鑑賞の最高の贅沢といえよう。

小劇場の芝居

今を去る五十年も前の大学生のとき、唐十郎「状況劇場」の公演『アリババ』『ジョン・シルバー』『ジョン・シルバー新宿恋しや夜鳴篇』『腰巻お仙　義理人情いろはにほへと篇』『アリババ　傀儡版壺坂霊験記』『由比正雪』とたて続けに見て感銘して以来、演劇のとりことなった。

渋谷の喫茶店「プルチネラ」で見た、コーラ一本付きの、つかこうへい作『熱海殺人事件』は文学座アトリエ公演のすぐ後だった。その後つか芝居は連続的に見たが観念的内容にいささか飽き、できたばかりの「東京乾電池」に毎回通うようになり、渋谷の教会地下にあったスペース「ジアン・ジアン」から下北沢「本多劇場」に進出するのを見続ける。

また水谷龍二・作演出の、売れないムードコーラス「山田修とハローナイツ」の内輪もめや哀歓を描いた『星屑の町』にすっかりはまり、以降水谷作はすべて通うことに。その男くさい集団劇「星屑の会」の一方、東京乾電池で客演していた三女優、松金よね子・岡本麗・田岡美也子が結成した「グループる・ばる」も熱心に通い、風間杜夫の一人芝居や、角野卓造の文学座公演の数々、さらに佐藤B作「東京ヴォードヴィルショー」や、今は解散した、劇中アカペラが名物だった劇団「カクスコ」も。そうして戸田恵子、キムラ緑子、あめくみちこのファンに。

これらは皆、小劇場演劇だ。新橋や日比谷の大劇場の商業演劇は座長を押し立てた華やかで楽しい豪華舞台。紀伊國屋ホールや国立劇場など中劇場は、新劇系やチェーホフ、井上ひさしなど古典名作を軸とする正統演劇。対して小劇場演劇の魅力は何か。

それはずばり「演劇バカ」。

観客の前で何か演じたい情熱が、勉強的な名作よりも自分たちのオリジナルで勝負させる。劇団や芝居でメシが食えないのは百も承知、バイトして公演費用を捻出する、胆の据わった根性の清々しさだ。

発表場所は下北沢の「ザ・スズナリ」「駅前劇場」「OFF・OFFシアター」「『劇』小劇場」「小劇場楽園」「シアター711」「小劇場B1」など。どこも一〇〇そこそこの客席が、申し訳程度の小ステージを囲み、最前列席であれば目の前で役者が演技する。

はるか向こうの大舞台で役者が何かしているのを遠く見るのとちがい、熱気の汗も飛び、顔の演技もありありと見える身近な熱演が同志的結合となり、台詞にどよめき、ドタバタに爆笑し、気持ちを込めた表情にシンとなり、心うばわれて涙し、終えたカーテンコールに立つ役者たちの晴れ晴れとした顔に心からの大拍手となる。

これこそ演劇の原点ではないか。名演出・名俳優の完成された舞台もいいが、若くほとばしる真剣な情熱は巧拙を越えて感動させ、ここから育てと目利きの気分も味わえる。ほとんどは初演ゆえ何が飛び出すかわからず、劇団名も知らない舞台に通うのはスリルがあり、たとえつまらなくても文句はない。

しかしつまらないことは一度もなかった。ヘタでも情熱があり、そこに拍手した。ベテラン俳優があえて小劇場の観客の前に身をさらすのは自分の原点を確認するためだろう。

＊

〈舞台『月の谷』『赤い石』『らん』スピンオフ企画『あず姫は家出をした』草木も眠る丑三つ時　月の光で身体をしっかり洗ったら　私は海を目指して　家を出る〉（小劇場楽園）

〈ここ風〜其ノ十七〜　作演出・霧島ロック『ッぱち！』久し振りにこの街に足を踏み入れた　桜並木の坂の上にある学校　暗くなるまで野球をした公園　みんなと蟬取りをした神社　あの頃のままのモノとそうでないモノと　アイツは変わらんままでいてくれてるやろか　それとも……〉（シアター711）

〈アガリスクエンターテイメント第27回公演『発表せよ！大本営！』一九四二年六月。行け行けドンドンの楽勝ムードで臨んだミッドウェー海戦にて歴史的な大敗を喫した日本軍。戦勝パーティーまで準備していた海軍は、ショックも冷めやらぬまま新たな問題に直面する。——この結果を国民にどう発表する？〉（駅前劇場）

〈流山児☆事務所公演『赤玉GANGAN〜芥川なんぞ、怖くない〜』純粋で正直でエロくて頑固「このペンで、天下を取ってやる！」と、叫んではみたものの世間の圧力にはすぐ屈し　小さなコトからくよくよ悩む　だけど夢見る力は誰にも負けない！　そんな奴らの青春活劇、ここにあり！〉（ザ・スズナリ）

集めたちらしはみな面白そうだ。その中からデザインが素敵な〈ジョーズカンパニー25周年記念公演『フラッパーズ〜私たちにできること〜』強豪陸上部の部室から遠く離れた棟の片隅に…控えの、そのまた控えの選手たちが出入りする部屋があった。レギュラーになれるチャンスもなく、ただ放課後毎日決められたように集まってくる選手たち…私たちって期待も必要ともされてないの？　と自分自身に各々が問いかけている。そんな彼らに思いがけない命令が下る！〉（小劇場楽園）を見に行こう。

＊

本多劇場地下一階の「小劇場楽園」は、床から十五センチほどの平舞台を、角に大きな柱のあるL字の客席が囲む。まだ役者のいない空舞台の装置がすでにそこに見えるのが小劇場のおもしろさで、ここで何が始まるのかと想像させる。今日は高校陸上部のウエアやタオルが干されている部室。キャパ六〇人満員の客は女性が多く、小学生の子供連れもいる。やがて舞台は暗くなり始まった。

女子高の名門陸上部に憧れて入部したが、補欠は部室も別で、練習したくてもグラウンドは使えず、正選手のウエアの洗濯と整理が仕事だ。「私たちこれでも陸上部？」とぼやく四人に、鬼の女子マネージャーは「きちんとたたみなさい」とハッパをかける。そんな彼女たちに下った学校の「思いがけない命令」は、「音楽部コンサートの女子合唱五人が食あたりで全員倒れたので、急遽明日のコンサートに代役で出ろ」というもの。

「なんで私たちなの」「そんなの無理」と猛反発するが、陸上ではないがこれも注目

下北沢「小劇場 楽園」の舞台

される舞台かもと、かつて音楽部でソプラノだった一人の指導で発声から始め、きれいにまとまるようになり張りきると、再び学校から「音楽部のメンバーは治ったのでいらない」という返事がくる。「代役すらおろされる」「バカにしないでよ」「私、先生に抗議する」という部員に、マネージャーはふりしぼるような声で「……でも音楽部の生徒も練習を重ねてきたのよ」とつぶやく。沈みこむ五人の一人が、やがてすばらしい提案をする。

——泣きました、笑いました、感動しました。

何よりも若い女優五人の、演じる陸上部員も、いま演劇をする自分も同じと、役をわが事としている熱気だ。若いだけに挿入される歌や踊りはお手のもの。物語が進むにしたがい、互いにそれまでかかえてきた挫折やコンプレックスがしだいに見えてきて、それが自分たちに大切なものとわかって友情となってゆく清々しさ。彼女たちは正選手よりも価値あるものを手に入れたのだ。

二チームが交替出演している今日の「チーム桜」は十二歳から二十一歳まで平均十五歳！　いちばん若い中学一年生は今回初舞台。週二回、中目黒で練習三ヶ月、夏休みの今、発表となったそうだ。しかも舞台後すぐに「東日本大震災義援金」の箱を持って並ぶ心がけよ。

もう一度書きたい、ほんとうにすばらしかった。それは、観客の前で、皆で何かを表現したいという気持ちの純粋さだった。応援します!!

おでん三昧

銀座の資生堂でデザイナーをしていた二十代は残業に次ぐ残業の日々だったが、念願の仕事だったので、定時で人の帰った静かな社内で一人、制作に没頭する時間を最も大切にしていた。

しかし夜十時を過ぎて風呂なしアパートに帰っても、頼みの銭湯はもう閉まっている。仕方なく夕方近くなると会社を抜け出して近くの銭湯「金春湯」に行き、帰りは並木通りのおでん「お多幸」で夕飯をすませるのが日課になった。

「がんも、豆腐、はんぺん、大根、あと茶めし」

「はい、がんとうはんだい」

店員が復唱し、赤いプラスチック皿ですぐ出る。抜け出して来たから夕食に時間はかけられない。お多幸は五丁目ソニービル裏に本店があったが、もっぱら会社に近いこちらに通った。そのうちお多幸は泰明小学校を出た名優殿山泰司の実家と知り、フ

「お多幸」の人気メニュー「おまかせ盛り合わせ」は四品

アンだったので愛着が増す。

お多幸のおでんは色の濃いおつゆの味がよくしみ、ご飯に合う。今は名物となった豆腐一丁をそのまま茶めしに乗せた〈とうめし〉はそのころまだなかったが、私は自分でそうしていた。夜は酒を飲みに入り、注文を受けて煮る〈タコ〉が楽しみだった。一人のときは一階カウンターの「鍋前」が特等席。大勢の飲み会は二階の大机で、注文が簡単ですぐ出るおでん屋は便利だった。持ち帰り用の赤い桶目当てに、家の土産にしたこともある。

銀座には「お多幸」「やす幸」の二大おでん屋があり「お多幸は安い、やす幸は高い」と我々は言っていた。「やす幸」のおでんは薄味上品。六丁目の「おぐ羅」は後発で、こちらは同伴族がよく来ていた。

関西で入ったおでん屋は衝撃だった。まず種がちがう。有名な大阪の「たこ梅」で〈鯨のさえずり〉を初めて食べた。〈牛スジ〉は大阪のどこにもある大切な定番だが、〈ちくわぶ〉を頼むと「それ、何でっか?」と言われた。大阪でおでんを「関東炊き」と言うのは、関東で田楽を汁で煮て出しているのを取り入れ、その名になったとも聞

いた。

そして出汁。関東の昆布・かつお節とはちがい〈牛スジ〉がないと始まらなく、おつゆは東京のような茶色ではなく透明に澄んでいる。京都の古い名居酒屋「神馬《しんめ》」は鯨の皮を油で揚げた〈鯨コロ〉で出汁をとり「これ入れな、うちのおでんにならしまへん」と言っていたが、入手難で最近はおでんはやっていない。

一番驚いたのは、東京は「おでんは煮ちゃだめ、種を動かさず、味がしみるよう温めているだけ」と、ほのかに湯気が上る静かな状態だが、関西おでんは常にぐらぐら煮え立たせ、出汁をどんどんざぶりと追加し、ひっきりなしに味をみるダイナミックなやり方だ。

宗右衛門町「小多福」もそのやり方で、一番人気の〈豆腐〉はおぼろ昆布に青葱がのり、すすめられた〈海老芋〉はとろけるようにおいしい。創業から半世紀、注ぎ足ししているおつゆの艶とコクはすばらしく、そこにさっとくぐらせただけの〈菊菜〉がいい。〆は茹でたうどんにおでんつゆをかける〈細うどん〉だ。

大阪の台所「黒門市場」の、店先でグラグラと煮える立ち食いおでんも、その匂いに魅了された。

＊

金沢はおでん屋が多く、「赤玉」（創業昭和二年）、「菊一」（昭和九年）、「若葉」（昭和一〇年）、戦後間もない「大関」「三幸」など名店がいくらでもある。そのわけは、旧制四高など金沢は学生を大切にする町で「学生でも入れる」からなのだそうだ。「一寸一パイ」の紺暖簾に風格がある「高砂」は創業昭和一一年。金沢おでんは「関東と関西の中間」。出汁は関西の牛スジが欠かせないが、おつゆは関西のようにグラグラ煮え立たせず静かに温めているだけの関東型だ。

特徴はよそにはない金沢だけの種だ。第一のお奨めは、香箱カニを丸ごと一杯剝いて甲羅に詰め直し、注文を受けてから十分間煮る〈かに面〉で、カニ身・内子・外子・みそ、とカニのすべてを味わえ、最後は空いた甲羅に燗酒を注ぐ〈甲羅酒〉が最高だが、これはカニが解禁になる冬しかない。

〈ばい貝〉は掌いっぱいにずしりと重い超大型を殻ごと煮てあり、尻尾の黒い胆まできれいに剝きだすのは素人では無理でやってもらう。そして出てきた身は殻より大きい。比喩ではなく、殻にパンパンに詰まっていたのがふくらむからだ。さらに新潟名産〈車麩〉、白身魚のすり身をふかした（蒸した）〈ふかし〉。一番人気は生姜味噌で食べる串刺しの〈牛スジ〉だ。

静岡おでんは、もともとは駄菓子屋の店頭で子供相手に串刺しで売っていたものが、大人も食べるようになったという。食べるときに〈魚粉〉と〈青海苔〉をかけるのがお約束。代表は〈黒はんぺん〉。昔は市内あちこちに屋台があったが、今は「青葉おでん街」などに集まっている。名店の気取りの全くない駄菓子感覚が静岡おでんだ。

おでんは庶民のもの。東京、大阪、金沢、静岡。それは自然に風土を反映しているのだろう。

＊

神田駅に近い「尾張家」は創業昭和二年の老舗。着物に白割烹着の女将は、おでん鍋前にすでに五十七年立つ。

「豆腐、大根、キャベツ」

「はい、ただいま」

蛸唐草の皿に太い箸で取り、おたまでちょいとおつゆをかけ、辛子をぺたり。おでんはすぐ出るのが取り柄だ。

はふはふ。豆腐はおかかに刻み葱がかかり、筒切り大根は半分ほど茶色に染み、かんぴょうで巻いたキャベツには挽肉。その味は飽きのこない中庸だ。

コの字カウンターの店内は気楽ながら品があり、〈尾張家さん江〉と書かれた、創業六十周年、七十周年の祝い額に続く九十周年は〈三井物産株式会社化学品ＯＢ会〉〈日本紙パルプ商事株式会社ＯＢ会〉〈株式会社アルク〉の字が囲む。正面の、高さおよそ一尺の立派な招き猫一対もおなじみが作ってくれたものだそうだ。

開店間もなく、どんどんやってくる客は身なり立派な年配の会社紳士組が多く、女将から「〇〇さん、そこね」と名前で呼ばれて、いかにも慣れた様子だ。

接待などの上等な料理屋とはちがう家庭的なくつろいだ雰囲気は、何十年通う常連を、そしてＯＢ会をつくるのだろう。おでんの気楽さがそうさせている。

コンサートを聴きに

昨年の秋、大阪フェスティバルホールで、一週間の間に大きなコンサートが二つ開かれた。

一つは、ウィーン・フィルハーモニー管弦楽団、指揮クリスティアン・ティーレマン。曲目はR・シュトラウス交響詩「ドン・ファン」、オペラ「ばらの騎士」組曲など。料金S席三万七〇〇〇円、いちばん安いE席一万二〇〇〇円。

あと一つは、ベルリンフィルハーモニー管弦楽団、指揮ズービン・メータ。曲目はブルックナー交響曲「第八番」、R・シュトラウス交響詩「ドン・キホーテ」など。料金S席四万三〇〇〇円、E席一万八〇〇〇円。

案内は「あなたはウィーンフィル派？　ベルリンフィル派？」と結ばれる。

ウィーンフィル、ベルリンフィルといえば世界最高峰のオーケストラ。指揮の二人は、今あぶらの乗った現役最巨匠なのは万人の認めるところ。それが同時来日して、相次いで公演するとは。私の好きな作曲家の双璧はR・シュトラウスとブルックナーでCDもいっぱい持っている。これだけの内容が出そろうことは二度とないだろう。

では行ったか？

行けなかったです、くやしいです、グヤジーでしゅ。ウィーンフィル派でもベルリンフィル派でもありまっしぇん。そんなにお金はないです。

……………

ひろげたのは集めてきたちらしの一枚。〈紀尾井ホール　クラシック　×ジャズ2020　細川千尋プレイズ・ビル・エヴァンス　ラヴェル・ジャズ〉。

ジャズも好きで若い美貌の女性ジャズピアニスト・細川千尋の名は知っている。故ビル・エヴァンスの内省的なジャズピアノはファンが多い。ラヴェルはもちろんフランス近代の作曲家。ジャズとクラシックの融合はおもしろそうだ。全席指定五〇〇〇円。よし、行ってみよう。

四ツ谷駅から四谷見附橋を渡って上智大学に沿う暗い土手道を、同じ方へ行く人たちの先は紀尾井ホールだろう。到着した角にはすでに入場を待つ列ができている。

紀尾井ホールは一九九五年、旧新日本製鐵の二十周年に建てられ、クラシック・邦楽の二つのホールを持つ。天井高いホワイエはアイボリーホワイトの大理石でゆるや

「紀尾井ホール」のシャンデリアは、造形作家・多田美波の制作による

かに丸く、二階客席へ上がる曲がり階段は途中の踊り場が優雅だ。要所に制服の女性がやわらかく迎えてくれる。

クラシックホールはシューボックス型の八〇〇席。内装材はすべて赤茶に仕上げられた木張り、三角や半円の装飾はアールデコモダン。二階席上を一周して正面ステージ上に向かう二本対の丸柱の連続が気品をつくる。天井は吹き抜け風に明るく、シャンデリアが下る。座席椅子は前にゆったり、背は高くクッションがつく。本日は完売満員だそうで、落ち着いた中年夫婦、音楽好き女性同士、白髪の老婦人、勤め帰りらしい一人サラリーマンなど男女半々。皆さんきちんとした身なりだ。

黒のドレスで登場した細川さんは、まずピアノソロでビル・エヴァンスの曲と自作曲。ジャズにしては知的な演奏だ。次いでバイオリン、チェロが加わってバッハとグノーのアヴェ・マリア。さらにベース、ドラムが加わり、変拍子の組曲風「ジャズ変奏曲」で白熱する。

小休憩の二階ロビー奥はスタンディングのバーコーナーで、コーヒーやハイボール、サンドイッチも。大きなガラス越しの暗い森の奥に見える、ホテルニューオータニの明るい玄関が都会感を高める。花柄ドレスに着替えた後半はラヴェルの主題による「ジャズ狂詩曲」など、最後の自作初演「ソラカラミタラ」は新印象派風の名曲だった。

四谷駅へ戻るのに暗い土手道の上を歩いた。下の広い運動場をはさんで、トンネルから出る地下鉄や中央線電車が交錯し、彼方には明かりを灯した新宿の高層ビルが並んでいる。音楽の余韻にひたるには最適の道だった。

＊

上野公園の奥深くに建つ「旧東京音楽学校奏楽堂」は、一八九〇（明治二三）年に完成した日本最古の洋式音楽ホール。藝大構内から明治村への移転が予定されたが、建築学会、音楽家、作家・森まゆみ氏ら市民グループの反対で現役保存となり、一九八七年、今の場所に移転整備され国の重要文化財となった。前を通るたびに、いつかはここで演奏を聴いてみたいと思っていたのを今日、実行しよう。

下見板張り木造総二階。瓦葺きの屋根以外は総白塗り。左右対称中央の角柱の張り出し玄関の上はバルコニーで、優雅な手摺りがまわる。屋根正面上には西洋の三角破風ペディメントがクラシカルな唐草を浮き出して載り、威厳と美しさをそなえた堂々たる建物だ。玄関脇には当校卒業生・滝廉太郎の像が建つ。日曜の夕刻に窓から漏れる明かりは、明治の舞踏会の音楽が聞こえてくるようだ。

ここは連日小規模なコンサートが開かれて入場料も安く、日曜は入館料三〇〇円でパイプオルガン演奏も聴ける。今日の「オーケストラ・ノット特別演奏会」はなんと無料だ。

オーケストラ・ノットは髙橋勝利氏の主催するアマチュアオーケストラで、コンサートを積極的に続け、今日は九州交響楽団共演のため来日中の、ベルリンフィル客演クラリネット奏者、マティアス・グランダーを迎え、モーツァルト「クラリネット協奏曲」とブラームス「交響曲第一番」の豪華プログラムだ。

ホール三一〇席は総木造。床下は藁やおがくずを詰め、天井は中央をかまぼこ型に高く抜いたヴォールト天井で音響を吸収し、シャンデリアが下る。本来は音楽学校の演奏ステージ付き階段教室で、ハの字に並ぶ学生席の最上段は天井ぎりぎりだ。天井隅を角丸に一周する通風口は唐草風に透かし、支える三角腕木の透かし彫りや厚いドレープのカーテンボックスなどの優雅な仕上げは、日本最初の洋楽ホールを設計する誇りがみえる。正面に威厳をもつパイプオルガンを聴いてみたい。ほぼ満員の席は耳の肥えていそうな音楽好き中高年に加え、楽器ケースを持った学生も多く、華やかさのない授業のような、ただ演奏を聴くだけの雰囲気がいい。

ステージではすでに奏者たちが黒の演奏服で思い思いに音の調整を続けている。音大生らしきにまじり高齢の男性もいて、本番の緊張よりはここで演奏できる喜びが大きいようだ。コンサートマスターが音調を整え終わると、左手から、二十四歳、藝大音楽部指揮科四年生が入場。次いでクラリネットを手にしたマティアス・グランダーが拍手で登場。彼の目の合図で指揮棒が上がった。クラリネット協奏曲こそはモーツァルトで一番好きな曲だ。

音がいい！　透明でやわらかく、残響のキレが良く、楽器ひとつひとつがクリア。クラリネットソロの消え行く微小音も最後まで聞き取れる。わりあい色んなホールに行っているがこれほど澄んだ深みは初めてだ。中規模ホールの良さでもあり、ここでマーラーの大曲は合わないだろう。知り尽くした曲を最適の音の生演奏で聴くぜいたくよ。次のブラームスは管楽器が増えグランダー氏もその列に加わり、ステージはいっぱいになった。あまり大音響にせず、ホールに合わせて小さな音を大切にした演奏は、多用される弦のピチカートがくっきりと聞こえ、ドラマチックで知られる交響曲がこんな繊細さを持っていたか。

満足して、暗い上野公園を駅までゆっくり歩いた。コンサートは帰り道が大切とここでも思う。さらに思った。巨匠の大コンサートもよいけれど、こうして毎週のように聴きに行くのも本当の音楽好きかもしれない。そうして音楽は深まってゆくかもしれない。コンサートを身近にするのはとても豊かなことだと。

あとがき

この三月で七十七歳、喜寿だ。そんな年齢をどう過ごすのだろうと思っていたが、ここに書いた通りだ。

会社勤めや公職があるわけではないので、毎日が自分の時間で自由。

積極的に外に出て、というほどでもなく、外出した翌日はどこにも行かず、レコードを聴いたり一人で好きなことをする、くらいのペース。様々な欲望はもはや消え、お金も使わないから、もう働かなくても大丈夫だろう。いや、ようやく働かなくてもよい日々が来たのだ。隠居＝仕事や生計の責任者であることをやめ、好きな事をしてくらすこと。「新明解国語辞典」の通りだ。

生涯学習する、世のために尽くす、など殊勝な気持ちはなく、もともと自分勝手に生きてきて、それは今も変わらない。

しかしもう先は見えている。大病で療養、転んだ怪我が治らない、いずれ老人ホーム、は我々世代には常識で覚悟しておかなければならない。であれば健康第一だ。
先が見えた自分は毎日、何をしているのだろうと考えて気づいた。

それは「今のうちに世の中をよく見ておこう」

自然も、街も、行事も、アートも、そう思えば行っていない所はいくらでもある。

同じ場所へ通う楽しみもある。

今の若い人はスマホばかりで現実を見ることがなく、つまらなくないか。スマホは持たず、テレビも見ない私は、情報よりも目の前の確かなものを味わいたい。そこにある美しさや感動を体得したい。この世に未練を残さぬようにしよう。

『書を捨てよ、町へ出よう』は一九六七年の寺山修司の名著。その題名をお借りして、この生産性のない本ができました。

二〇二三年二月　太田和彦

【初出】
「まずは散歩から」「舞台を鑑賞」「銀座に通う」
→太田酒倶楽部コラム「盃つまんで」vol.9, 20, 24, 29-39, 41-45
写真：同上「フォト日記」vol.1, 5, 13, 16, 20, 24, 29-35, 37-39, 41-45
「あちこち訪ねて」
→『¿Cómo le va?（コモレバ）』vol.27-43

撮影　Yasukuni（「あちこち訪ねて」）　高橋和幸（p200）
編集協力　中島宏枝（風日舎）
協力　テレビ朝日映像株式会社　CONEX ECO-Friends（株）

太田和彦（おおた・かずひこ）

1946年中国・北京生まれ。長野県松本市出身。デザイナー、作家。東京教育大学（現筑波大学）教育学部芸術学科卒業。資生堂宣伝部制作室のアートディレクターを経て独立。2001～08年、東北芸術工科大学教授。本業のかたわら日本各地の居酒屋を訪ね、多数著作を上梓。著書『ニッポン居酒屋放浪記』『居酒屋百名山』（ともに新潮文庫）、『居酒屋かもめ唄』（小学館文庫）、『老舗になる居酒屋』（光文社新書）など多数。近著『75歳、油揚がある』（亜紀書房）、『日本居酒屋遺産　東日本編』（トゥーヴァージンズ）、『映画、幸福への招待』（晶文社）など。BS11「太田和彦のふらり旅 新・居酒屋百選」出演中。

書《しょ》を置《お》いて、街《まち》へ出《で》よう

2023年2月10日　初版

著　者　太田和彦

発行者　株式会社晶文社

東京都千代田区神田神保町1-11　〒101-0051

電　話　03-3518-4940（代表）・4942（編集）

U R L　http://www.shobunsha.co.jp

印刷・製本　中央精版印刷株式会社

ISBN978-4-7949-7345-0　Printed in Japan